매일 밤 당신에게 따뜻한 격려가 되길...

에게

지치고 힘든 하루였지만
그로써 아름다울 내일을 믿습니다.
풍요로운 내일을 꿈꾸기에
지금은 나를 보듬을 시간입니다.

이날보다 더 가치 있는 것은 아무것도 없다.

요한 볼프강 폰 괴테

Nothing is worth more than this day.

Johann Wolfgang von Goethe

잠들기 전에
읽는
긍정의
한 줄

잠들기 전에 읽는
긍정의 한 줄

스티브 디거 지음 | 키와 블란츠 옮김

The Nightly Book of Positive Quotations

책/이/있/는/풍/경

Prologue

밤은 회상의 시간이다. 그날 하루 이룬 일들을 되돌아보고, 내일을 위해 새로운 꿈을 설계하는 시간이다.

삶이 만족스럽고 평안하다면 그 시간은 기쁨과 보람이 넘친다. 자신의 가치관에 따라 꿈과 목표를 향해 걸어왔음을 깨닫는다.

때로는 굴곡진 길에서 예상하지 못한 일을 겪기도 하고, 뜻밖의 기회를 만나 또 다른 길에 서기도 한다. 그러나 원칙과 신념이 있다면 반드시 처음 세웠던 목적지에 도착한다. 지금껏 걸어온 길과 비슷한 굴곡들이 앞으로도 있으리라는 것을 잘 알고 있다. 그럼에도 불구하고 다시 용기를 북돋우고, 무엇인지 알 수 없으나 앞에 있는 것을 기꺼이 받아들일 것이다.

물론 신체적, 정신적, 경제적, 혹은 그 어떤 문제로든, 어려움을 겪을 때는

회상의 시간이 평온을 안겨주거나 기운을 북돋아주지 못한다. 어쩌면 후회와 근심과 불확실한 미래로 밤잠을 설칠지도 모른다. 잘못된 방향으로 걸어온 탓일까? 나는, 내가 아끼는 이들은 왜 어려움에서 벗어나지 못하는 걸까? 내가 진정 바라는 것은 무엇일까?

이 책은 그런 당신의 굴곡지고 어둔 앞길에 빛을 비추어 길을 찾도록 도와준다.

긍정의 말을 하나씩 읽고 그 뒤에 이어지는 내용을 함께 되짚고 되새겨보기를 바란다. 미처 생각하지 못했던 것을 되돌아보고, 이미 알고 있었더라도 그래서 놓치고 있었던 것을 이 안에서 찾을 수 있기를 바란다.

이 안에서 희망과 마주하기를, 그로써 그 시간이 더없이 평화롭기를, 충만함으로 내일 아침을 맞기를 바란다.

January

A promise is a cloud; fulfillment is rain.

약속하기는 구름, 약속 지키기는 비.

지금, 문을 열어라

The world is all gates, all opportunities,
strings of tension waiting to be struck.

랠프 월도 에머슨 Ralph Waldo Emerson

세상은 모두가 문이고, 모두가 기회이며,
울려주기를 기다리는 팽팽한 줄이다.

어떤 사람은 많은 기회를 누리지만 어떤 사람은 언제쯤 운이 트일까 한숨부터 내쉰다. 운 좋은 사람들에게는 공통된 습관이 있다. 그들은 언제 어디서나 누구를 만나거나 기회를 잡을 수 있으리라 기대한다. 그들은 견디기 힘겨운 상황도 기회라고 생각한다.

세상은 가능성으로 가득 차 있다. 호기심이 왕성한 아이들처럼 순간순간과 마주하라. 여기에 문이 있다. 이곳은 낯선 곳으로 넘어가는 지점이다. 손을 뻗어 문고리를 잡고 돌려라. 늘 낯익은 곳에 머물던 발걸음을 옮겨라. 기회는 그곳에 있다.

새로운 문을 열자. 저편에 무엇이 있을지 불안하고 두렵기는 하겠지만, 당당하게 마주하자.

내 몸을 챙겨야 할 때

To keep the body in good health is a duty…
otherwise we shall not be able to keep our mind strong and clear.

부처

몸을 건강하게 지키는 것은 의무다.
그렇지 않으면
정신을 강인하고 맑게 지킬 수 없다.

몸을 돌보지 않으면 몸 여기저기에서 병이 날 수 있다. 아프거나 기운이 없을 때, 통증이나 고통으로 힘겨우면 정신마저 산만해진다. 몸의 건강을 지키는 것은 정신이 산만해지거나 불편해지는 것을 피하려는 것만은 아니다. 영양을 보충하고, 쉬며, 몸을 건강하게 해주는 것은 정신도 건강하게 해준다.

창의적인 사고, 문제를 해결하는 능력, 그리고 차분함은 몸이 필요로 하는 것을 채워줄 때 저절로 따라온다.

내 몸을 돌볼 수 없을 만큼 바쁘다면 그건 내 마음도 돌보지 못한다는 신호야. 그래, 여유를 갖고 충분히 식사를 하고 운동도 한다면 마음도 건강해지고 맑아질 거야.

우정을 가꿀 시간

Go oft to the house of thy friend, for weeds choke the unused path.

랠프 월도 에머슨 Ralph Waldo Emerson

친구의 집을 자주 찾아가라,
길을 걷지 않는다면
잡초가 그 맥을 끊어버릴 테니.

진정한 친구는 어려움은 반으로 줄여주고 기쁨은 배로 늘려준다. 그처럼 친구와 내 삶은 이어져 있다. 그와의 우정을 가꾸는 데 내가 가진 모든 것을 투자하라. 진정한 친구를 위해 시간을 낸다는 것은 얼마나 즐거운 일인가. 그것만으로 행복이다.

마음이 통하는 친구가 있다는 건 정말 감사한 일이야. 그와 힘들거나 기쁜 순간을 함께 나누었어. 오늘, 그를 만나 우리의 관계가 얼마나 소중한지 말해주어야지.

나를 빛내는 건 바로 나

To wait for someone else, or to expect someone else to make my life richer,
or fuller, or more satisfying, puts me in a constant state of suspension.

캐슬린 티어니 앤드러스 Kathleen Tierney Andrus

누군가가 내 삶을 보다 윤택하고, 보다 알차게, 혹은
보다 만족스럽게 해주기를 기다리거나 기대하다 보면
나 자신은 줄곧 손발이 묶여 있는 꼴이 되고 만다.

동화 속 해피엔딩처럼 언젠가 행운이 제 발로 찾아오거나 누군
가 나타나 나를 행복하게 해주리라 믿는 이들이 있다. 그러나 해피엔딩만
기다리면 평생을 헛된 공상에 사로잡힌 채 보낼 수 있다. 기회가 와도 알아
차리지 못하고, 새롭게 시도할 생각조차 하지 못한다.
꿈꾸는 삶을 만드는 것은 자신이다. 스스로 자신의 삶을 이끌어 갈 때 다른
사람에게서 받은 선물도 풍요로움이 더해진다.

더 많은 돈이나 시간, 혹은 다른 누군가가 어떻게 해주기를 바라지 말자. 보다 만족스러운 내
삶을 만들기 위해 내 힘으로 나아가는 거야.

내 삶이 내게 바라는 것

Opportunity knocks at every man's door once. On some men's door, it hammers till it breaks down the door, and then it goes in and wakes him up if he's asleep, and ever afterward it works for him as a night watchman.

핀리 피터 던 Finley Peter Dunne

기회는 모든 사람의 문을 한 번쯤 노크한다.
어떤 사람에게는 망치로 두들기듯 문을 부셔서라도
그의 집에 들어간 뒤, 그가 자고 있으면 깨우고,
그를 위해 야간 경비원이 된다.

누구나 피할 수 없이 주어진 운명이나 팔자려니 싶은 일들을 겪는다. 친구가 늘 똑같은 문제로 찾아와 하소연하거나, 구하는 직장마다 똑같은 특기를 요구할 때 흔히 그렇게 생각한다.

이런 일은 살다 보면 어쩌다 겪는 반복, 즉 삶의 자연스러운 리듬일 수도 있다. 하지만 이는 그 이상일 수 있다. 예컨대 '이 문제를 어떻게든 해결해야겠어'라고 결심한 뒤 대책을 찾다 보면 그런 일은 새로운 사업을 구상하거나, 필요한 기술을 익히려고 학원을 찾거나, 차분히 앉아 공부하는 계기가 된다.

내 삶이 어떤 패턴으로 움직이는지 주의 깊게 들여다본 뒤 그 패턴들이 정말 원하는 것을 할 거야.

쓸모없는 것은 없다

Living well and beautifully and justly are all one thing.

소크라테스 Socrates

바르게, 아름답게, 정의롭게 사는 것,
이것은 모두 하나다.

우리는 삶을 나누어 정리하는 습성이 있다. 일, 사생활, 친구, 여유, 금전 문제, 건강, 여가활동……. 때때로 이것들이 서로 다투며 경쟁하는 것처럼 보인다. 하지만 이것들은 모두 나를 가꾸는 힘이다.

정의로운 행동, 남을 위하고 아끼는 것은 남을 풍요롭게 해줄 뿐만 아니라 그로써 내가 행복해진다. 운동을 즐기는 것은 내 몸을 건강하게 하면서 다른 사람들과 유대관계를 나누게 한다. 직장에서 즐거운 마음으로 일하면 집에서도 유쾌해진다. 생기를 잃지 않으면 스트레스도 없어진다. 삶의 여러 부분은 겉으로는 서로 아무 상관없어 보이지만 실제로는 서로 긴밀하게 얽히고설켜 있다. 그리고 끊임없이 서로에게 영향을 주고받는다.

내가 추구하고 바라는 모든 것은 나를 키우는 중요한 요소들이야. 어느 것 하나 쓸모없는 건 없어.

행복은 스스로 찾는 것

Happiness comes more from loving than being loved; and often when our affection seems wounded it is only our vanity bleeding. To love, and to be hurt often, and to love again-this is the brave and happy life.

J. E. 부시로즈 J. E. Buchrose

행복은 사랑받기보다 사랑을 줌으로써 오며,
사랑 때문에 상처 입은 것처럼 보이더라도 실제로는
자만심 때문인 경우가 흔하다.
사랑하고 그로써 상처 입는 것, 또다시 사랑하는 것,
이것이 용감하고 행복한 삶이다.

행복을 찾는 일이 나를 실망스럽게 하거나 슬프게 할 수도 있다. 그렇다고 방어만 한다면 인연을 만날 수 없고 행복해질 수도 없다. 부작용과 문제가 두려워 숨어 지내면 행복도 평온도 오지 않는다. 모험과 도전이 두려워 물러나면 나라는 존재 역시 죽어갈 뿐이다. 낯선 사람과도 인간관계를 맺으며, 기꺼이 그 일에 뛰어들고, 상처받을 수도 있음을 받아들일 때만이 진정 성장하고 행복을 만끽할 수 있다.

새로운 사람을 만나고 그들과 인연을 맺는 데 용감하게, 즐겁게 뛰어들 거야.

친절은 행복한 전염병

Kindness is the golden chain by which society is bound together.

요한 볼프강 폰 괴테 Johann Wolfgang von Goethe

친절은 사회를 함께 묶어주는 황금 사슬이다.

바쁜 중에도 내가 앞서가도록 옆으로 비켜주는 사람이 있지 않은가? 내가 떨어뜨린 것을 허리를 굽혀 줍고 건네주는 사람이 있지 않은가? 나를 위해 엘리베이터 문을 잡아주는 사람이 있지 않은가? 이처럼 남을 위하는 사소한 행동은 나를 놀라게 하고 모두에게 감동을 준다. 늘 똑같이 되풀이되는 일상 속에서 이런 순간들은 더없이 빛나고, 삶이 얼마나 아름다운지 알려준다.

친절은 일상에 찌든 생각을 변화시켜주는 뜻밖의 놀라움이다. 내게 베푼 친절에 절로 마음이 흐뭇해지고, 그 친절을 다른 사람에게도 전하고 싶어진다. 친절은 우리가 혼자가 아님을 일깨워준다.

오늘 내가 받은 모든 친절에 감사하자. 그리고 그 친절을 다른 사람에게 나누어주자.

함께하는 즐거움

Man is a knot, a web, a mesh into which relationships are tied.
Only those relationships matter.

앙투안 드 생텍쥐페리 Antoine de Saint-Exupéry

인간은 인연으로 엮어 만든
하나의 매듭, 망, 그물이다.
중요한 것은 이런 인연이다.

우리는 자신의 정체성을 혼자서 찾곤 한다. 이 '찾는 행동'은 개인적인 일일 수 있지만, 각자의 정체성은 다른 사람과의 인간관계에서 비롯된다. 내 존재는 다른 사람과 대비하거나, 긴장 상태를 유지하거나, 조화를 이룰 때 비로소 생명을 얻는다. 내가 하는 행동, 그리고 다른 사람과 주고받는 행동은 서로에게 중요한 이야기를 엮어간다.
더 많은 사람과 만나 그 안에서 따스한 인간관계를 누리고 갈등하는 것은 나를 키우는 힘이자 내 정체성을 찾아가는 길이다.

우연히 알게 된 사람이든 친한 사람이든 내가 맺고 있는 인연은 모두가 소중해. 이 인연들로 새로운 것을 경험하고 나를 더욱 돋보이게 할 수 있으니까. 함께한다는 건 정말 기분 좋은 일이야.

보이지 않는 끈

Faith is the centerpiece of a connected life.
It allows us to live by the grace of invisible strands.
It is a belief in a wisdom superior to our own.
Faith becomes a teacher in the absence of fact.

테리 템페스트 윌리엄스 Terry Tempest Williams

연결된 삶의 중심에는 신앙이 장식하고 있다.
신앙은 우리를 보이지 않는 끈의 은총으로 살게 해준다.
신앙은 우리의 지혜보다 더 위대한 지혜를 믿는 것이다.
사실이 비어 있을 때 신앙은 우리의 스승이 된다.

삶이 불확실할 때 제자리에 주저앉거나 확신을 되찾으려 애쓴다. 이처럼 통제할 수 없는 상황을 경험하면서 인격은 성장한다. 고통스러운 순간이나 병에 걸렸을 때, 새로운 것을 창조하거나 그 일에 몰두할 때가 그렇다. 절망적인 상황에 처했을 때, 누구나 뜻밖에 보이지 않는 힘에 의해 그 상황이 정리되고 조화를 이루는 것을 경험했을 것이다. 아울러, 주위의 도움으로 어려운 일을 헤쳐 나갔을 때 인간관계가 얼마나 소중한지 알게 된다.

나를 인도해주는 눈에 보이지 않는 끈들에 감사하자. 그 위대한 지혜를 배우자.

마음을 열고 신뢰하라

He who does not trust enough, will not be trusted.

노자

남을 믿지 못하면 남도 나를 믿지 못한다.

♡　　신뢰는 소중한 선물이다. 이는 노력해 얻어야 하고, 늘 유지하고 관리해야 한다. 그렇다고 신뢰할 수 있을 때까지 믿지 말라는 말은 아니다. 믿지 못하면 부정적인 것만 눈에 들어온다. 부정적인 면은 언제 어디서나 얼마든지 쉽게 찾을 수 있다. 미심쩍어 보이는 상대라도 열린 마음으로 대하는 것, 이것이 지혜롭게 사귀는 요령이다. 우리는 다른 사람을 즉흥적으로 판단하곤 한다. 그러나 다른 사람을 알려면 시간이 필요하다.

대부분이 믿어도 좋은 사람들이라고 생각하라. 그럼으로써 '역시 내 생각이 옳았어'라는 놀라운 사실을 발견할 것이다.

신뢰하는 마음으로 대해야지. 그리고 나를 실망스럽게 한 사람에게 신경을 곤두세울 시간에 멘토가 될 사람과 함께해야지.

신앙과 이성 사이에서

Faith is the art of holding on to things your reason has once accepted, in spite of
your changing moods.

C. S. 루이스 C. S. Lewis

> 신앙은 기분이 아무리 변덕스럽게 변한다고 해도
> 한때 내 이성이 받아들인 것을 저버리지 않고
> 굳게 간직하는 요령이다.

신앙과 이성이 반드시 대립하는 것은 아니다. 신앙과 이성은 우리 존재를 구성하는 전혀 다른 면으로 보이지만 서로 이끌고 밀어준다. 가슴 아픈 순간에 신앙의 힘으로 희망을 얻을 때, 새로운 일을 시도하고자 할 때 신앙은 이성의 힘을 북돋아준다. 이성은 신앙이 맺는 결실을 보고 그 새로운 현실을 기꺼이 받아들인다.

시험에 들 때, 마음이 흔들릴 때, 신앙은 믿음이 타당하며 간직해도 좋은 것임을 상기시켜준다. 신앙과 이성은 떼어놓을 수 없는 한 묶음이다.

모든 성장과 도전에는 신앙과 이성이 다 필요하다는 걸 잊지 말자.

생각을 말로 표현하라

I have come to believe over and over again that what is most important to me must be spoken, made verbal and shared, even at the risk of having it bruised or misunderstood.

오드르 로드 Audre Lorde

내게 중요한 것이라면 비난과 오해를 받을 수 있더라도
입 밖으로 내놓고 다른 사람이 알게 해야만 한다는 것을
나는 거듭거듭 깨달았다.

생각을 말로 표현하는 것은 아주 중요한 일이다. 중요한 결정을
내려야 할 때 함께 모여 토의를 하거나 전문가의 의견을 구한다. 내 믿음이
나 가치관은 다른 사람이 알 수 있도록 말이나 글로 표현될 때 생명력을 얻
고 더욱 구체화된다.
생각을 속에 감추고 있는 것은 자신을 숨기는 것이나 마찬가지다. 따라서
위험을 무릅쓰고라도 말로 표현해야 한다. 그래야만 다른 사람이 내가 어
떤 사람인지 알게 된다. 나 역시 나 자신을 알 수 있다.

적절한 언어를 선택해 표현하는 것은 쉬운 일이 아니야. 상대방이 이해하지 못할 수도 있으
니까. 하지만 내 생각을 표현하는 것은 내가 무엇을 바라고 내가 어떤 사람인지 알리는 가치
있는 노력이야.

더 이상 기죽지 말기

No one can make you feel inferior without your consent.

엘리너 루스벨트 Eleanor Roosevelt

그 누구도 당신의 동의 없이
당신을 열등하다고 느끼게 할 수 없다.

자신감은 내면에서 끓어오른다. 누가 무슨 말을 하든, 어떻게 하든, 확신에 찬 나를 흔들지 못한다. 자신이 열등하다고 생각하거나 기가 죽는 것은 다른 사람에게 자신을 맡겼기 때문이다. 나에 대한 남들의 판단을 나만의 자신감 위에 두었기 때문이다. 누구나 다른 사람에게서 인정받고 싶어한다. 그러나 그 권리는 과거나 지금이나 늘 내게 있다.

다른 사람의 판단에 흔들리지 않겠어. 남들이 뭐라고 하더라도 자신감을 올곧게 지키겠어.

나를 탓할 수 있는 자유

You grow up the day you have your first real laugh at yourself.

에델 배리모어 Ethel Barrymore

처음으로 자신에게 마음껏 웃어본 날,
당신은 성장한다.

자신을 심각하게 여길 때 긴장감은 심해진다. 겉으로 내세우는 자신의 이미지, 지위, 그리고 인상이 모두 겉치레에 불과하다는 것을 깨달을 때 자신을 탓하게 된다.

완벽하고 결점을 보이지 않으려는 노력은 물론 잘못이 아니다. 그러나 누구나 실수를 한다. 이런 실수들이 얼마나 우스운 것이었는지 깨달을 수 있다면 그 깨달음은 큰 위안이 된다. 자신을 돌아보며 때로는 비웃을 수 있는 자유 속에서 우리는 성장한다.

최근에 바삐 걷다 내 발에 걸려 넘어진 적이 있어. 그때는 너무 부끄럽고 민망했지만, 돌아보니 그 때문에 여유를 갖게 되었어. 그리고 지금, 그 일을 웃으며 말할 수 있으니.

퍼즐을 맞추듯이

I would rather think of life as a good book.
The further you get into it, the more it begins to come together and make sense.

라비, 해롤드 쿠시너 Harold Kushner

인생은 한 권의 좋은 책과 같다.
깊이 파고들수록 이야기의 틀이 점점 더 잘 잡히고
수긍이 가기 시작한다.

매일매일은 질문들로 가득 차 있다. 하루, 일주일, 혹은 몇 달이 지나고 나서야 비로소 거기서 하나의 패턴을 헤아리게 된다. 그리고 이 모든 것에는 현명함이 자리 잡고 있다.

목표를 정해두고 이를 성취해가는 과정에서 누구나 선택을 한다. 인생은 뜻밖의 기쁨과 슬픔을 가져다주는데, 이는 성장하는 발판이 된다. 조각 천들을 맞추다 보면 거대한 퀼트가 된다. 이처럼 그 하나만으로는 이해가 가지 않거나 가치 없어 보이는 것들도 하나하나 맞추다 보면 어느새 예술 작품이 된다.

내가 왜 이런 일을 당해야 하는지 화가 나기도 해. 하지만 계속해서 앞으로 나아가다 보면 이런 일이 왜 내게 일어났는지 수긍할 수 있을 거야.

누구도 아닌, 스스로 하라

Be yourself and think for yourself; and while your conclusions may not be
infallible, they will be nearer right than the conclusions forced upon you.

앨버트 허버드 Elbert Hubbard

자신을 있는 그대로 받아들이고 자주적으로 생각하라.
당신이 내린 결론이 완전무결하지 않을 수도 있지만
최소한 강요된 결정보다는 바른 쪽에 보다 가까울 것이다.

어차피 실수할 거라면 대범하게 하는 게 어떨까? 스스로 하고 깨
우칠 때 가장 많이 성장한다. 언제나 완벽한 선택을 하며 사는 것이 반드시
성숙함을 증명하지 않는다. 리스크를 받아들이고 결정하며, 그것을 해봄으
로써 이해와 지혜를 키워야만 한다. 배울 자세를 갖추고, 필요할 때는 내가
내린 결정을 기꺼이 수정하겠다고 마음을 다스릴 때 성숙해진다.

실수해도 괜찮아. 실수에서 배울 수 있으니까. 실수는 보다 많은 것을 배우는 과정이니까.

결점 드러내기

It's just like magic. When you live by yourself, all your annoying habits are gone.

메릴 마르코 Merrill Markoe

정말 마술 같은 일이다.
혼자 살다 보면 모든 성가신 습성이 사라져버린다.

결점을 빨리 고치는 방법은 분명히 있다. 내 결점은 다른 사람과
의 관계에서 드러나지만 그렇다고 해서 그것이 나를 외톨이로 만드는 것
은 아니다.
물러나 숨어 지내는 것은 편해 보일지 몰라도, 결국 내 능력을 드러내줄 수
있는 사람은 주변에 있는 사랑하는 이들이다. 아무리 아옹다옹할지라도
그들과 사귀고 갈등하면서 나는 성장한다.

마음에 들지 않는 사람이라도 내가 한 발 더 가까이 다가갈 거야.
그로써 나는 더 강해졌으니까.

실수에서 배우기

It is natural to make mistakes; it is terribly wrong to willfully keep making mistakes.

성 아우구스티누스 St. Augustine

실수하는 것은 자연스러운 일이지만,
일부러 계속 실수하는 것은 잘못이다.

배움에는 반드시 시행착오가 따른다. 따라서 자신에게 일을 망쳐도 된다고 허락해야 한다. 그리고 실수에서 반드시 배워야 한다. 자존심과 고집은 어리석은 짓을 반복하게 만든다. 넘어졌을 때 툭툭 털고 일어나 실수를 기꺼이 받아들이고 새롭게 시도할 때 더 앞으로 나아갈 수 있고, 사랑하는 사람들은 그런 나를 박수쳐 준다.

실수했다는 것 때문에 자책할 필요는 없어. 실수에서 배울 수 있을 만큼 나는 충분히 젊어.

약속 지키기

A promise is a cloud; fulfillment is rain.

아랍 격언

약속하기는 구름, 약속 지키기는 비.

누군가가 약속을 할 때 희망을 가지고 경청할 뿐이다. 그 약속을 믿고 싶지만, 때로 과거의 실망스러운 일들이 슬며시 비집고 끼어들어 온다. 약속을 정말 지킬까? 말한 대로 진짜 할까?

그 약속을 지킨다면 단지 그 약속이 이루어졌다는 사실 때문에 기뻐하는 것은 아니다. 그 약속을 함께한 사람과의 신뢰가 강해졌다는 것에서 기쁨을 찾는다. 약속을 지킬 때마다 보다 참된 사람이 되고 인간관계는 더욱 깊어진다.

약속을 지킬 때 인간관계는 더 깊어지는 법이겠지. 약속을 지키는 내 자신에게 감사하고, 약속을 지키는 그들에게 감사할 거야.

빚에서 헤어나기

Debt is a trap which man sets and baits himself, and then deliberately gets into.

조시 빌링스 Josh Billings

> 빚은 스스로 만들고, 스스로 속임수에 끌어들인 후,
> 뻔히 알면서도 제 발로 빠져드는 덫이다.

빌리는 것은 저축하는 것보다 원하는 것을 더 빨리 얻을 수 있다. 그러나 그 돈으로 무언가를 살 경우, 그 물건이 수명을 다하고 그 가치를 손실한 오랜 후에까지 빚은 곁에 남는다. 남는 것은 기억과 빚, 그에 따른 이자뿐이다. 모든 나쁜 습관이 그렇듯 안 되는 줄 알면서도 빚을 쌓고, 그것은 깨뜨리기 힘든 악순환이 되고 만다.

스스로 만들어 놓은 덫에 속아 걸려든다는 것을 인정해야 한다. 그리고 분수에 맞게 살아야 한다는, 원하는 것이 있으면 저축해야 한다는 오래된 교훈을 실천해야 한다.

뭔가를 사려고 돈을 빌리고 싶을 때, 그 비용의 무게를 곰곰이 따져봐야지. 그리고 외상으로 사는 대신 다른 대안을 찾아볼 거야.

어디서 무엇을 하더라도

In work, do what you enjoy. In family life, be completely present.

노자

직장에서는 자신이 즐기는 일을 하라.
집에서는 온전히 가족과 함께하라.

하고 싶지 않은 일을 한다고 생각하면 스트레스만 쌓인다. 반면에 그 일에서 즐거움을 찾는다면 그것은 멋진 일이다. 일에 애착을 갖는 것은 능력과는 별개의 문제다. 직장에서의 일은 '자신을 즐기는 시간'이다.
자녀와 배우자가 있는 집, 내 가족이 있는 집으로 갈 때, 혹은 친척이나 친구들을 찾아갈 때는 그들과 온전히 함께해야 한다. 이는 인연을 맺어가는 시간이며, 서로의 마음을 나누고 정을 주고받는 '함께하는 시간'이다.
일할 때와 일을 마친 후에도 즐거움을 누릴 수 있다면 비로소 풍요롭고 균형 잡힌 삶을 살 수 있다.

직장 일에 만족하고 가정에서도 행복을 누리며 살자. 그러려면 매 순간, 내가 있는 곳이 어디라도 그 순간과 온전히 함께하는 데 정신을 집중하자.

계속 나아가라

I take a simple view of living. It is, keep your eyes open and get on with it.

로렌스 올리비에 Sir Laurence Olivier

내 인생관은 너무나 간단하다.
그것은 눈을 똑바로 뜨고 거기에 임하는 것이다.

때로는 현재 주어진 상황에 몸을 맡겨야 할 때가 있다. 언제 부딪힐지 모를 장애물에 정신을 바짝 차려야겠지만, 지금 이 순간을 즐기고 온 힘을 기울이는 것이 최선의 선택이다. 자질구레한 것들 때문에 야단법석을 떨거나, 그 때문에 시간을 낭비하지 말자. 가방을 둘러메고 가던 길로 계속 나아갈 일이다.

늘 해오던 일을 되짚어보고 새로운 일을 선택해야 할 때가 있지만, 다른 생각을 잊은 채 그대로 밀고 나아가야 할 때도 있어. 지금이 바로 그때야.

삶의 기쁨

I finally figured out the only reason to be alive is to enjoy it.

리타 메이 브라운 Rita Mae Brown

> 살아야 할 유일한 이유를 마침내 깨닫고 보니
> 그것은 바로 살아 있음을 즐기는 것이었다.

친구 혹은 가족과 즐거운 시간을 보내는 것, 내가 좋아하고 내게 맞는 직장을 구하는 것, 바깥에서 마음껏 뛰노는 것, 읽고 싶은 책을 읽는 것……. 삶의 기쁨과 만나는 순간은 수백 가지나 된다. 그리고 나를 기쁘게 하는 것은 결코 숭고하거나 위대한 것이 아니다. 그것은 지금 이 순간에 감사하는 것, 그리고 그 안에서 기쁨을 느끼는 것이다. 그것은 언제 어디서나 마주한다.

알고 보면 삶은 그렇게 복잡한 것이 아닐지 몰라. 중요한 건 즐겁게 사는 걸 거야. 그리고 지금 이 순간을 그렇게 할 수 있어.

시간에 쫓기지 마라

I must govern the clock, not be governed by it.

골다 메이어 Golda Meir

나는 시간을 다스리는 사람이지,
시간에 쫓기는 사람은 아니다.

날마다 쫓기듯 살면 자신마저 촉박해진다. 방어적인 자세로 허둥대고, 긴급한 일, 그리고 방해가 되는 일에 신경이 곤두선다. 걱정과 근심이 나를 지배한다. 반면에 시간을 다스리면 허둥댈 일도 없고, 어처구니없는 일을 하지도 않는다. 주어진 시간 안에 무엇부터 해야 할지 알 수 있다. 어떤 일을 해내는 데 시간이 얼마나 필요한지 알고, 적절한 스케줄을 짤 수 있다.

시간에 쫓기는 사람은 자신의 시간마저 내놓아야 하지만, 시간을 다스리는 사람은 긴급을 요하는 일이 아무리 많아도 자신의 시간을 즐길 줄 안다.

조바심을 날려버리자. 지금 하는 일이 아무리 바빠도 잠시 멈추고 나를 추스르자.

진실이 아무리 아파도

Truth is a rough, honest, helter-skelter terrier, that none like to see brought into their drawing rooms.

위다 Ouida

> 진실은 아무도 자기 집 거실에 들어오는 것을
> 보고 싶어하지 않는, 거칠고 솔직하고 설치는
> 테리어 강아지다.

✉ 때로 진실은 나를 가슴 아프게 한다. 진실 때문에 마음 한쪽을 도려내야 하거나 계획을 바꾸어야만 할 때는 진실과 마주하고 싶지 않다. 머리를 모래 속에 처박아버리는 편이 나을지도 모른다. 하지만 생각이나 계획에 문제가 있다면 그것을 분명하게 들여다보는 것이 더 낫다. 아무리 고통스럽더라도 진실에 귀 기울일 때 보다 나은 방향으로 나아갈 수 있다.

불편한 진실이라도 귀를 기울일 거야. 그것이 나를 상처 입혀도 진실을 감춤으로써 두려움에 사로잡히는 것보다는 나으니까.

우정이 시작될 때

We cannot tell the precise moment when friendship is formed.
As in filling a vessel drop by drop, there is at last a drop which makes it run over.
So in a series of kindnesses there is, at last, one which makes the heart run over.

제임스 보즈웰 James Boswell

우정이 맺어지는 정확한 순간을 우리는 알 수 없다.
물이 한 방울씩 모여 큰 물동이를 채울 때처럼,
넘쳐흐르게 하는 마지막 한 방울이 있다.
친절도 계속 베풀다 보면 그중 하나가 마침내
마음을 넘쳐흐르게 한다.

♡　　알고 지내는 사람들 중 어느 누군가에게 한 도움과 친절이 언제 우정으로 넘쳐흐르게 될지 우리는 결코 알지 못한다. 그러나 함께하고 싶 거나 이야기 나누고 싶을 때, 도움을 준 당신과 함께하고 싶을 때가 있다. 혹은 그에게서 연락이 올 수도 있다. 이처럼 사소한 도움 하나로 새 친구를 얻고 누군가에게 새 친구가 된다.

어떻게 그들과 우정을 나누게 되었는지 기억나지는 않지만, 내가 먼저 손을 내밀고, 그 손을 놓지 않기에 지금과 같은 친구 사이가 되었다고 생각해.

많이 만나고, 많이 사귀어라

I cannot concentrate all my friendship on any single one of my friends
because no one is complete enough in himself.

아나이스 닌 Anaïs Nin

친구들 중 단 한 명에게만 우정을 쏟지 마라.
왜냐하면 그 어느 누구도
완벽하지는 못하기 때문이다.

저마다 관심사가 다르고, 선호하는 것도 제각각이며, 열정을 쏟는 분야도 다르다. 그 어느 누구도 내가 가진 모든 것을 좋아할 수 없다. 따라서 함께할 사람이 필요하다는 이유만으로 친구에게 내가 좋아하는 것을 강요한다면 우정마저 깨질 수 있다.

더 많은 사람을 만나고 사귀고 인맥을 쌓는 것이 훨씬 더 만족스러울 수 있다. 어떤 사람과는 수영을 함께하고, 토론을 즐기는 다른 사람과 신앙에 관해 이야기하고, 나처럼 연극을 좋아하는 사람도 있다. 이처럼 내가 무엇을 하더라도 나와 함께할 수 있는 좋은 벗은 어디에나 있다.

친한 친구라고 해서 내가 좋아하는 걸 그에게 강요하지는 말자. 그때는 나와 같은 취미를 즐기는 사람을 친구로 사귀는 게 옳아.

말 한마디의 힘

Kind words can be short and easy to speak, but their echoes are truly endless.

테레사 수녀 Mother Teresa

친절한 말은 간단하고 짧은 말일 수 있어도,
그 메아리는 끝이 없다.

가게 점원이 지쳐 보일 때 미소를 보이며 "여기는 참 친절하고 좋네요"와 같은 말로 격려해보라. 그가 힘들거나 너무 바빠 그 말을 듣지 못할 수도 있다. 그러나 사소한 격려 한마디, 미소 한 번이 그의 어깨를 누르고 있던 무거운 짐을 내려줄 때가 있다. 그때 그의 눈은 빛나고 입가에 미소가 보인다. 간단하지만 마음에서 우러나온 말 한마디가 세상과 하루를 얼마나 밝게 해주는지 우리는 안다. 이것이 친절에 따른 보상이다.

소중한 친구와 주변 사람들을 격려할 수 있는 기회를 늘 찾을 거야. 모르는 사람이라도 그들의 수고에 고맙다고 말해야지.

감사 기도

If the only prayer you say in your whole life is "Thank you" that would suffice.

마이스터 에크하르트 Meister Eckhart

평생 동안 기도하는 말이 "감사합니다"뿐이라면,
그것으로 충분하다.

기도는 목소리를 높여야만 하는 것은 아니다. 가장 가치 있는 기도는 그 어떤 것도 구하지 않는 것이다. 이미 내게 주어진 것들에 눈을 뜨는 것이다. 복잡한 생각을 멈추고, 대답을 갈구하는 것을 거두어라. 감사하는 마음에 집중하며 휴식할 때 가장 중요한 기도를 배운다.

오늘 주어진 이 하루, 이 순간, 그리고 지금 내 인생에 주어진 모든 것에 감사하자.

균형 잡힌 삶을 사는 법

A day's work is a day's work, neither more nor less,
and the man who does it needs a day's sustenance,
a night's repose and due leisure, whether he be painter or ploughman.

조지 버나드 쇼 George Bernard Shaw

하루 일은 하루 하는 일, 그 이상도 이하도 아니다.
그리고 그가 화가든 노동자든 하루 일을 하려면
하루 분량의 영양분, 하룻밤 분량의 휴식, 그리고
적절한 레저가 필요하다.

너무 오래 일하다 지치고 스트레스 때문에 병에 걸리기도 한다.
그러면 자신에게는 분수에 넘친다고 생각했던 활동, 즉 헬스클럽에 가거
나, 산책하거나, 숙면을 취하는 것이 얼마나 중요한지 알게 된다.
당신이 누구든, 무엇을 하며 먹고 살든, 몸이 균형 잡힌 영양을 필요로 하듯
정신도 필요로 하는 것이 있다. 먹고, 자고, 일하고, 쉬는 것. 순환하는 이런
활동은 조화를 유지하고, 균형과 절제를 가르쳐주며, 처진 몸을 깨워준다.

여유를 갖고, 균형 잡힌 삶을 사는 걸 놓치지 말자. 먹고, 쉬고, 여가활동을 하려고 챙겨둔 시
간을 결코 헛되이 허비하지 말자.

지금, 새로운 문을 열자.
문 저편에
무엇이 있을지 두렵더라도.

February

You are the product of your own brainstorm.

당신은 당신의 영감이 만들어낸 산물이다.

자아도취

A man wrapped up in himself makes a very small bundle.

벤저민 프랭클린 Benjamin Franklin

자신을 둘둘 말아 감싸면
인간은 참으로 조그만 꾸러미다.

자신만의 세계에 도취된 사람과 대화를 이어가는 것은 힘들다. 상대방이 초조해 하거나, 흥분하거나, 혹은 한탄하더라도 이들은 상대의 관심에는 눈을 가리고 있다. 다른 사람과 이야기를 나누고 있다기보다는 자신을 향해 말을 쏟아 놓는 것처럼 느껴진다. 그런 그를 받아주는 것은 맥이 빠지고 짜증나는 일이다.

이럴 때 어떤 기분이 드는지 기억하고, 그와 같은 사람이 되지 않도록 조심해야 한다.

함께 자리한 사람들이 골고루 말할 기회를 나눌 때 대화는 즐겁고 인간관계도 좋아져. 그런 자리에서 나서서 설치는 일이 없도록 조심해야지.

아무리 장작이 많아도

Optimism, unaccompanied by personal effort, is merely a state of mind and not fruitful.

에드워드 L. 커티스 Edward L. Curtis

자신의 노력이 따르지 않은 낙관주의는
단순히 마음 상태일 뿐, 결실은 기대할 수 없다.

낙관적인 생각은 변화를 불러오는 강력한 연료다. 그러나 그런 태도만 고수하는 것은 땔감 창고에 장작을 쌓아두기만 하는 것과 다를 바 없다. 이것을 집 안에 들여와 불을 지피고, 잘 타도록 지켜보아야 한다. 그러지 않으면 언제까지나 마른 장작으로 남을 뿐이다.

나무 장작처럼 낙관주의에도 유효기간은 있다. 사용하지 않고 방치해두면 썩는다. 따라서 그것이 계속 움직이게 해야 하고, 새로운 연료를 가져와 끝까지 알뜰하게 사용해야 한다.

나는 낙관적인 성격이지만, 이것만으로는 목표를 이룰 수는 없다는 것도 잘 알아. 구체적인 계획을 세우고, 이를 행동에 옮겨야만 해.

결정 내리기 좋은 때

Form a habit of making decisions when your spirit is fres…
to let dark moods lead is like choosing cowards to command armies.

찰스 호톤 쿨리 Charles Horton Cooley

정신이 맑을 때 결정 내리는 습관을 들여라.
우중충한 기분에 끌려 다니는 것은
겁쟁이에게 군대의 지휘권을 맡기는 것과 같다.

안타깝게도, 우울한 기분이 찾아오면 우리는 공포라는 단추를 눌러 섣부른 결정을 내리기 쉽다. 공포에 질린 상태에서 내린 결정은 더 많은 문젯거리를 만들어 오히려 기분을 더 어둡게 하기 쉽다.

우리는 태도를 바꾸어 다르게 행동할 수 있다. 부드러운 독백으로, 피곤하거나 우울하거나 허기져 있을 때는 중대한 결정을 내리지 않아도 된다고 자신에게 타이를 수 있다. 충분히 휴식을 취하고 중심을 잡았을 때, 그리고 배불리 먹고 난 후까지 기다려도 된다. 좋은 결과는 좋은 결정이 만드는 법이다.

지쳐 있을 때는 중요한 결정을 잠시 미루자. 맑은 정신으로 충분히 생각할 때까지 결정을 잠시 보류하자.

기꺼이 도움을 청하라

The healthy, the strong individual, is the one who asks for help when he needs it.
Whether he has an abscess on his knee or in his soul.

로나 배릿 Rona Barrett

> 건강하고 강인한 사람은 필요할 때
> 도움을 청하는 사람이다.
> 생채기가 무릎에 생기거나 마음에 생기더라도.

도움을 청하는 것은 나약함을 드러내는 것이 아니다. 그것은 성숙함을 보여주는 것이다. 도움이 필요하다는 것을 안다는 것, 그리고 도움을 줄 적절한 사람을 찾는 것, 이는 용기와 내공이 필요한 일이다.
우리는 혼자 어떻게든 해보려고 애쓰다가 오히려 일을 망쳐버리곤 한다. 도움이 필요하다는 사실을 받아들이고 보다 빨리 자신의 상황을 다른 사람에게 터놓고 말할 때 고생은 훨씬 줄어들고 더 큰 문제를 피할 수 있다.

긴급한 상황에 처할 때까지 마냥 기다리지 말자. 조언이 필요하거나 도움이 필요할 경우, 누군가에게 도움을 청하자. 기꺼이 도와줄 사람들이 있으니까.

용서는 나를 자유롭게 한다

Forgiveness is the key to action and freedom.

한나 아렌트 Hannah Arendt

용서는 실천과 자유로 가는 열쇠다.

용서한다는 것은 투항하는 것이 아님을 우리는 안다. 진 것이 아니다. 오히려 용서할 때 마침내 다시 움직이고 기지개를 켤 수 있다. 쓰라린 심정은 단지 나만 갉아먹을 뿐, 내게 상처를 준 이들에게는 아무런 해도 끼치지 않는다. 잘못한 것을 용서할 때 비로소 더 이상 그 일에 시달리지 않을 수 있다. 그 일이 내 삶에 자리 잡지 않게 할 수 있다. 그리하여 내 삶을 온전히 살 수 있다.

내 안에는 용서할 수 있는 힘이 있고, 그 힘에 감사해.

잠자리에 들 때는

To carry care to bed is to sleep with a pack on your back.

토머스 C. 할리버튼 Thomas C. Haliburton

잠자리까지 걱정거리를 짊어지고 간다면
등에 짐을 진 채 잠자겠다는 것과 같다.

지금 무슨 걱정거리를 되씹고 있는가? 이런 걱정들이 잠을 설치게 하거나 이리저리 뒤척이게 하지 않는가? 배낭을 짊어지고 있으면 절대 푹 잘 수 없다는 것을 우리는 잘 안다. 산에 오를 때, 중턱에서 잠시 무거운 배낭을 내려놓으면 몸이 가뿐해지고 새로운 힘이 생기듯 복잡한 생각이나 걱정거리일수록 잠시 내려놓을 줄 알아야 한다.

오늘, 나는 결정해야 할 일들로 힘들었고, 그래서 지금은 편하게 잠자리에 들 자유가 있어. 그건 어느 누구에게도 빼앗길 수 없는 나만의 자유야.

웃으면서 시작하라

Get out of bed forcing a smile. You may not smile because you are cheerful; but if you will force yourself to smile you'll be cheerful because you smile. Repeated experiments prove that when man assumes the facial expression of a given mental mood, any given mood, then that mental mood itself will follow.

케네스 구드 Kenneth Goode

억지로라도 웃으며 잠자리에서 일어나라.
즐거운 일이 있어서 웃는 게 아니라
억지로라도 웃기 때문에 기분이 좋아진다.
어떤 기분을 얼굴 표정으로 나타내면
얼굴 표정 때문에 기분이 달라진다는 것은
이미 여러 실험으로 증명되었다.

표정이 밝으면 기운이 저절로 솟는다는 말을 들어보았을 것이다. 직접 겪기도 했을 것이다. 밝고 기분 좋은 표정을 지으면 몸의 에너지도 상승한다. 이 변화는 깊고 심오하다. 아침 시간이 힘든가? 그렇다면 미소를 지어보는 것은 어떨까? 손해 볼 것 없다. 미소는 전염성이 강하다. 단 한 사람이라도 누군가의 기분을 좋게 해줄 수 있다.

내일 아침에 일어나면 일부러라도 웃어보자. 머리맡에 적어두고 내일 아침, 자리에서 일어나자마자 실천해보자.

지금 이 순간을 즐기자

We do not remember days, we remember moments.

체사레 파베세 Cesare Pavese

우리는 시절을 기억하는 것이 아니라
순간을 기억한다.

지나간 일을 기억할 때 우리는 흔히 어떤 구체적인 순간을 떠올린다. 기억이란 참 묘하다. 마음을 사로잡았던 일, 우스웠던 일, 무서웠던 일 등 특정한 순간을 얼마나 자세하게 떠올리는지 스스로 놀란다. 그 일이 일어났던 그날의 나머지 일은 잊어버린다.
이처럼 삶은 특별했던 순간순간들이 모여 짜이고, 그 나머지는 언제 그런 일이 있었냐는 듯 사라지고 없다.

중요한 건 지금 내게 주어진 순간순간들이야. 하루하루를 살아가면서 그 순간순간들을 가꾸고 누구보다 사랑하며 살아야지.

시련 속에서 피는 꽃

Adversity not only draws people together,
but brings forth that beautiful inward friendship.

쇠렌 키르케고르 Søren Kierkegaard

역경은 사람들을 함께 모을 뿐만 아니라
그 내면에 아름다운 우정을 만들기도 한다.

암과 투병 중인 이웃을 위해 마을 사람들이 한 데 마음을 모으거나, 자연재해로 피해를 입은 이들을 위해 국민들 모두가 힘을 모은다. 이런 일은 얼마나 많은 것을 서로 나눌 수 있는지, 서로에게 얼마나 큰 힘이 되어줄 수 있는지 알게 해준다.

함께 꿈꾸는 이상을 위해 힘을 모을 때 서로가 단단하게 결속되고 마음을 보다 깊이 나눌 수 있다. 그때 비로소 어제까지 서먹서먹했던 사이라도 어깨를 나란히 하고, 함께 일하며, 마음이 통하는 친구가 된다. 시련과 역경 속에서 우리는 위대한 변화를 이룰 수 있다.

그 누구도 힘들어하는 걸 원하지 않지만, 그런 일을 겪을 때 어느 누구보다 내 손이 필요하다는 걸 나는 잘 알아.

아첨에 휘둘리지 마라

Flatterers look like friends, as wolves like dogs.

조지 채프먼 George Chapman

겉치레로 말하는 사람은 친구 같아 보인다.
늦대가 개처럼 보이듯이.

칭찬을 들으면 신난다. 좋은 말을 해주는 사람과 가까이하고 싶어한다. 그러나 좋은 말을 지나치게 하는 사람일수록 그를 경계하기 마련이다. 겉치레 말은 의심을 산다. 진심으로 나를 칭찬하는 걸까, 아니면 다른 속셈이 있는 걸까?

입에 발린 아첨만 늘어놓는 사람과 함께할 때는 조심해야 한다. "고맙습니다"라고 간단하게 말한 뒤, 그의 입에 발린 말에 넘어가지 말아야 한다. 가장 고귀한 칭찬은 그런 말을 자주 하지 않는 사람에게서 나온다.

어떤 일을 하더라도 칭찬을 듣고 싶어. 하지만 아첨까지 듣고 싶은 건 아니야.

우리가 잊고 있던 것

**Good friends, good books, and a sleepy conscience:
This is the ideal life.**

마크 트웨인 Mark Twain

좋은 친구, 좋은 책, 그리고 평온한 마음.
이것이 이상적인 삶이다.

가끔 혼자, 혹은 사랑하는 사람과 더불어 훌쩍 떠날 때, 우리는 가장 사소한 순간에서도 깊은 기쁨을 만난다. 조용한 방에 앉아 좋은 책을 읽거나, 사랑하는 친구와 낮은 목소리로 이야기를 나누면서 우리는 생각한다. '이게 정말 행복한 삶이야.' 얼마나 소박한가. 이런 마음을 안고 집에 돌아올 때 진정한 삶의 무대가 펼쳐진다.

내게 의미 있는 것들과 사람들을 잊지 말자. 그것을 즐기고, 그들과 행복을 함께 나누자. 그 외의 것들이나 소음에 나를 지치지 않게 하자.

삶이 어수선할 때

The man of fixed ingrained principles who has mapped out a straight course, and has the courage and self-control to adhere to it, does not find life complex. Complexities are all of our own making.

B. C. 포브스 B. C. Forbes

마음속에 흔들림 없는 원칙을 새겨 두고
가야 할 길을 지도에 분명하게 긋는 사람,
흐트러짐 없는 용기와 절제력을 가진 사람에게
인생은 전혀 복잡하지 않다.
복잡하다는 것은 스스로 지어낸 것들이다.

직장을 바꾸어야 하거나, 투병 중이거나, 어떤 관계가 끝났을 때 스트레스가 생긴다. 사는 게 너무나 복잡하고 굴곡뿐이다.

하지만 그 삶은 자신의 선택에 달려 있다. 곰곰이 따져보고 갈 길을 정한 뒤 행할지, 사소한 일에 집착하며 실천할 용기가 없다며 우물쭈물할지 선택해야만 한다. 어떤 상황에 부딪히더라도 우리는 올바른 길을 고를 능력이 있다.

내게 주어진 시간은 많지 않아. 그렇다고 슬퍼할 일은 아니야. 복잡한 일도 알고 보면 그렇게 생각한 것뿐이잖아. 생각의 차이가 이후의 삶을 좌우한다는 걸 나는 잘 알아.

남은 날들을 헤아리며 살자

So teach us to number our days, that we may apply our hearts unto wisdom.

《시편》

우리에게 날 수를 제대로 헤아릴 줄 알게 하시고
우리의 마음이 지혜에 이르게 하소서.

1 살아갈 날 수를 헤아린다는 것은 주어진 시간이 얼마나 짧고 소중한지 끊임없이 깨닫는다는 뜻이다. 이때 깨닫는다는 것은 생의 마지막을 두려워하거나 허비하는 시간을 걱정하라는 의미가 아니다. 그것은 끊임없이 배우고, 삶의 의지를 견고하게 다지라는 것이다. 성장하겠다는 의지가 강할수록 주어진 시간을 제대로 쓸 수 있다.

어려운 시기가 오겠지. 물론 한가로운 때도 있을 거야. 그 어느 때라도 결코 내가 잡은 인생의 항로를 놓지 말자.

사랑은 기적을 만든다

Throughout history, 'tender loving care' has uniformly been recognized as a valuable element in healing.

래리 도시 박사 Dr. Larry Dossey

부드러운 사랑의 손길이야말로 치유에 가장 절실한 성분이라는 사실은 어느 시대라도 늘 인정받아 왔다.

♡ 사랑하는 사람이 격려해주고 아껴줄 때 환자는 훨씬 더 빨리 병을 이겨낸다. 환자에게 충분한 영양소를 공급하고 편히 쉴 자리와 각종 의료시설이 필요하듯 우리에게도 다른 사람과의 관계와 긍정적인 피드백이 필요하다.

어떤 사람은 위기의 순간에 사랑하는 사람이 없다는 사실을 알게 되고, 그 충격에 제대로 회복하지 못한다. 상처받은 누군가에게 사랑이 담긴 말을 건네는 것, 내가 아플 때 누군가가 격려와 위로의 말을 해주는 것, 이것은 모두 치유에 참여하는 일이다.

내가 힘들 때 나를 도와주고 돌봐준 이들에게 감사하자. 그처럼 누군가가 내 도움을 필요로 할 때 기꺼이 내 손을 내밀자.

기뻐할수록 행복한 법

When I have been unhappy, I have heard an opera… and it seemed the shrieking of winds; when I am happy, a sparrow's chirp is delicious to me. But it is not the chirp that makes me happy, but I that make it sweet.

존 러스킨 John Ruskin

울적할 때 본 오페라는 휘몰아치는 바람소리 같았다.
기쁠 때 들은 참새의 지저귐은 너무나도 달콤했다.
그러나 나를 기쁘게 한 것은 그 지저귐이 아니었다.
그 소리를 달콤하게 한 것은 바로 나 자신이었다.

✉️ 　우울함이 좋은 것마저 회색빛으로 바꾸듯이 기쁨은 모든 것을 밝은 빛으로 채운다. 행복하고 기쁨에 넘치는 마음으로 살면 행복과 기쁨이 저절로 불어난다. 우리는 긍정적인 인생관을 갖고 즐거워해야 할 이유를 보다 많이 볼 수 있게 된다. 사소한 즐거움이라도 긍정적으로 대하면 마음을 더 따뜻하게 해준다.

행복이란 저절로 오는 게 아니라 내 마음가짐이 불러온 거야. 내일도 기뻐하는 마음으로 행복한 이유들을 더 많이 찾자.

그 누구도 아닌 나

Self-reliance is the only road to true freedom, and being one's own person is its ultimate reward.

퍼트리샤 샘슨 Patricia Sampson

스스로 서는 것만이 진정한 자유로 가는 길이며,
진정한 나를 찾는 것이 그 궁극적인 보상이다.

스스로 선다는 것은 자신을 고립시키거나 홀로 고고한 척한다는
의미가 아니다. 이는 온전한 나로 다른 사람과 어울린다는 의미다. 다른 사
람에게 부담스러운 존재가 되거나, 내게 필요한 것을 그에게 요구하지 않
아도 된다는 의미다.

스스로 설 수 있다면 자신감이 우러날 뿐만 아니라 보다 건강한 인간관계
를 맺을 수 있다. 온전하고 스스로 설 수 있을 때 비로소 사람들과 긴밀한
관계를 맺을 수 있으며, 그때 비로소 존중하는 마음으로 그들을 대할 수
있다.

남에게 함부로 기대지 말자. 그래야만 자신감 있게 행동할 수 있고, 믿을 만한 친구가 될 수
있을 테니.

지금은 기름을 채울 때

To keep a lamp burning, we have to keep putting oil in it.

테레사 수녀 Mother Teresa

등잔이 계속 타게 하려면 기름을 계속 넣어주어야 한다.

남을 위해 베푸는 것은 좋은 일이지만, 그 때문에 자신이 빈곤해지는 일이 없도록 조심해야 한다. 가장 이상적인 베풂은 내게 주어진 풍요함에 기뻐하며, 이런 마음으로 남에게 베푸는 것이다. 의무나 죄책감으로 남에게 베풀면 반드시 문제가 생긴다. 남에게 털어준 탓에 내 주머니가 텅 빈 것을 자책한다.

죄책감 때문에, 베풀어야 한다는 압박 때문에 쉬지 않고 베풀어야 한다고 생각한 적이 있을 것이다. 이럴 때는 우물이 다시 가득 고일 때까지 기다릴 줄 아는 것, 이 역시 자비로운 행동임을 깨우쳐야 한다.

남을 도와주는 건 좋은 일이지만, 그 때문에 내가 너무 지치지는 않는지 돌아보자. 잠시 짐을 내려놓고 재충전하는 건 더 큰 도움을 주는 데 힘이 될 거야.

대답 없는 문제

Live your questions now, and perhaps even without knowing it,
you will live along some distant day into your answers.

라이너 마리아 릴케 Rainer Maria Rilke

문제를 안고 현재를 살아라. 그러면 나도 모르게
어느 먼 훗날, 대답을 지니고 살 날이 올 것이다.

상황이 불확실할수록 더 많은 통제력과 해답을 소망한다. 내가
입은 상처나 나쁜 버릇, 그리고 내 모난 습성이 속히 사라지거나 고쳐지기
를 바란다. 그 때문에 오히려 삶에서 깨닫게 되는 교훈을 놓치곤 한다. 문제
를 계속 들춰보며 신경을 집중하다 보면 실제로 더 많은 것을 배우고 익히
게 된다.

혹은 무엇인가에 지나치게 애쓰고 있을지도 모른다. 그때는 그 상황을 초
연한 자세로 마주해야 하며, 그때 비로소 잊고 있던 다른 것에 눈을 돌릴
수 있고 삶의 즐거움을 되찾을 수 있다. 그때 비로소 문제의 해답이 늘 나
와 함께해 왔음을 알게 된다.

원하는 모든 해답이 당장 눈앞에 나타나지 않더라도 그 문제들을 외면하거나 그 문제들 때문
에 나를 힘들게 하지는 않을 거야.

자신을 잘 안다는 것

Ninety percent of the world's woe comes from people not knowing themselves, their abilities, their frailties, and even their real virtues.

시드니 J. 해리스 Sydney J. Harris

세상의 모든 비극 중 구십 퍼센트는 자기 자신, 능력,
약점, 심지어 실제 가치조차 모르기 때문에 생긴다.

내가 아닌 다른 존재가 되려고 애쓰다 보면 답답하고 짜증날 때
가 있다. 내게 맞지 않는 직장, 내게는 도움이 되지 않는 라이프스타일, 있
어야 할 자리가 아닌 곳에 있을 때는 불안하고 조급해진다. 그런 사람들은
늘 긴장 상태에 놓여 있기 때문에, 언젠가 폭발하거나 늘 우울증에 걸린 것
처럼 보인다.

자신을 잘 안다는 것은 너무나 기쁜 일이다. 이보다 더 좋은 일은 자신과
같은 사람들과 더불어 살거나 일하는 것이다. 그 조화됨과 즐거움은 손에
잡힐 듯 구체적이고 실제적이다.

내 장점과 약점, 가치, 열정, 두려움을 찬찬히 검토해보자. 내 자신에게 귀를 기울임으로써 가
장 적합한 것을 선택할 수 있을 테니.

내 몸 가꾸기

Our bodies are our gardens-our wills are our gardeners.

윌리엄 셰익스피어 William Shakespeare

우리 몸은 정원이다.
우리 의지는 정원사다.

정원을 얼마나 정성 들여 가꾸었는지는 금방 알 수 있다. 마찬가지로 필요한 영양분만 충분히 공급했는지, 운동을 열심히 했는지, 자신을 돌보고 계획대로 정성을 들였는지는 내 몸이 증명해준다.

내 몸을 가꾸어야겠다. 헬스클럽에 다니거나, 마사지를 받거나, 건강식을 먹는 등 내 몸에 더 신경 써야겠다.

사랑으로 충만하기

The simple heart that freely asks in love, obtains.

존 그린리프 휘티어 John Greenleaf Whittier

사랑으로 구하는 순박한 마음에는 주어짐이 있다.

♡ 부탁하는 마음의 중심에 사랑이 자리 잡고 있을 때 그 부탁은 이루어질 가능성이 훨씬 높다. 신에게 기도하든, 가까운 친지에게 부탁하든, 순박한 사랑의 마음에서 우러나왔을 때 구하고자 하는 것에 보다 진솔해질 수 있다. 내가 구하는 것이 다른 사람에게 부담이 될까? 정말 이것이 필요한 걸까? 이게 정말 내게 도움 되는 걸까? 신은 자신과 다른 사람을 위해 보다 좋은 세상을 만들고자 갈구하는 마음에 늘 응답할 준비가 되어 있다.

기도하거나 남에게 요청하기 전에,
내 마음에 그들을 사랑하는 마음이 충만한지 돌아봐야겠다.

칭찬에 매달리지 마라

He who seeks for applause only from without has all his happiness in another's keeping.

올리버 골드스미스 Oliver Goldsmith

외부로부터의 갈채만을 바라는 것은
자신의 모든 행복을 남 좋으라고 주어버리는 짓이다.

누구나 좋은 반응을 바란다. 잘했을 때 사람들이 잘했다고 칭찬해주기를 바란다. 그러나 긍지는 먼저 자기 스스로가 잘했다고 인정해야 한다. 남들이 칭찬해주지 않아도 스스로에게 뿌듯할 수 있을 때 진정한 어른이 된다. 다른 사람에게서 칭찬받으려는 집착에서 벗어날 때 비로소 성장할 수 있다. 이때 비로소 다른 사람의 의견에 흔들리지 않는 자신감을 가질 수 있다.

칭찬받고 포상 받는 건 즐거운 일이기는 하지만 그게 내 삶을 결정하는 건 아니야.

쓸모없는 것은 없다

You are the product of your own brainstorm.

로즈메리 코너 스타인바움 Rosemary Konner Steinbaum

당신은 당신의 영감이 만들어낸 산물이다.

뜬금없이 공부하고 싶다, 새 직장을 구하고 싶다, 이러저러한 사람을 사귀고 싶다, 그곳에 가고 싶다, 옛 친구에게 전화하고 싶다 하는 생각이 들 때가 있다. 이런 생각들은 아무 쓸모가 없는 것처럼 보이지만, 의외로 인생을 바꾸어 놓는 선택이 되기도 한다. 그리고 언뜻 스쳐 간 생각을 행동에 옮겨 인생을 바꾼 이들은 세상에 너무나 많다.

아무리 사소한 것이라도 떠오르는 아이디어를 무시하지 말자. 사소한 것이라도 깊이 파고들다 보면 의외로 큰 도움이 될 테니.

변화와 성장

Change and growth take place when a person has risked himself and dares to
become involved with experimenting with his own life.

허버트 오토 Herbert Otto

변화와 성장은 위험을 마다하지 않고 대담하게
자신의 삶을 시험대 위에 올려놓을 때 생긴다.

👅 　　권태로울 때가 있다. 구덩이에 빠져 허우적대는 것 같을 때도 있
다. 이해심과 경험이라는 예금이 더 이상 불어나지 않는 것 같아 보이고, 내
삶에 무엇인가가 잘못되었다고 느낄 때가 있다. 그것은 변화해야 한다는
신호다. 변화는 두렵지만, 나를 새롭게 하는 계기가 된다. 성장하려면 용기
를 내야 하고, 그 시험대 위에 나를 세워야 한다.

내 삶이 건강해지는 길은 변화를 즐기고 위험을 마다하지 않는 거야. 그 때문에 어떤 대가를
치르더라도 나는 충분히 할 수 있어.

짐을 내려놓아야 할 때

Maturity is achieved when a person accepts life as full of tension.

조슈아 로스 리브먼 Joshua Loth Liebman

삶에는 긴장이 팽만해 있음을 인정할 때,
인간은 성숙한다.

스트레스는 대개 어떻게 해볼 도리가 없는 일을 걱정하거나 겁내기 때문에 생긴다. 살다 보면 긴장되는 상황에 처하고, 이럴 때 어떻게든 손을 써서 상황이 나아지게 하려고 애쓴다. 도전하고 사랑할수록 더 성장하지만, 그 뒤에는 늘 또 다른 갈등과 장애, 긴장이 도사리고 있다. 그때 절실한 것이 평정심이다.

평정심에는 자신이 통제해야 한다는 의무감, 모든 긴장의 원인을 제거해야 한다는 압박감을 이겨내는 의지가 버티고 있다. 그로써 더 자유롭게 성장할 수 있다.

살면서 당하는 모든 불안과 문제들을 모두 내 책임으로 짊어질 필요는 없어. 오히려 그런 것에 집착하지 않을 때 나는 자유롭고 성장할 수 있어.

몸과 마음은 하나다

Good for the body is the work of the body, good for the soul the work of the soul, and good for either the work of the other.

헨리 데이비드 소로 Henry David Thoreau

몸에 좋은 것은 몸이 해야 하고
마음에 좋은 것은 마음이 해야 하지만,
몸과 마음에 좋은 것은
둘 중 하나가 다른 하나를 위하는 것이다.

운동을 하면 몸이 좋아지고 단련되듯 마음도 도전함으로써 단련된다. 마음은 영적인 수련, 신선한 사고, 그리고 활발한 인간관계에서 기쁨을 얻는다.

마음과 몸은 서로가 서로에게 의존하고 있다. 몸이 아파 마음까지 힘들었던 때를 기억할 것이다. 신체 활동이 제한받으면 실의에 빠진다. 마찬가지로 마음이 흐트러지면 몸을 돌보는 일에까지 영향이 미친다.

늘 건강하게 살고 싶어. 그러려면 마음의 건강도 잘 돌봐야겠다.

행동이 사람을 만든다

Well done is better than well said.

벤저민 프랭클린 Benjamin Franklin

잘한 행동은 잘한 웅변보다 낫다.

우리는 말과 행동이 일치하는 사람을 존경한다. 그보다 더 존경해야 할 사람은 자신의 가치관과 일치하는 삶과 선택으로 자신이 어떤 존재인지 보여주는 이들이다. 이런저런 일이 어떻게 진행되고 마무리되었는지 말하는 것은 쉽지만, 몸소 나서서 변화를 궁리하고, 계획을 세우고, 이를 실천하는 것은 여간한 일이 아니다.

언행이 일치하는 사람을 존경하고, 나도 그처럼 될 수 있어. 그러려면 먼저 그 생각을 행동으로 옮기자.

짐 가방을 챙기듯

The real secret of how to use time is to pack it as you would a portmanteau, filling up the small spaces with small things.

헨리 해도 Sir Henry Haddow

시간을 잘 활용하는 비결은
시간을 트렁크에 챙겨 넣듯 작은 틈새마다
조그만한 것들을 끼워 넣어 채우는 것이다.

짐을 챙길 때, 중요한 것들을 챙겨 가방을 꾸린 후 자질구레한 것들은 빈틈에 끼워 넣는다. 이렇게 하면 가방 안에 얼마나 많은 것을 챙겨 넣을 수 있는지 놀라울 따름이다. 시간도 마찬가지다. 가장 중요한 것, 그리고 가장 많은 시간이 소요되는 일을 우선적으로 챙겨 넣어야 한다. 자질구레한 일은 큰 계획들의 틈이나 구석에 끼워 넣을 수 있다.

짐 가방을 챙기건, 하루 일정을 짜건 조그만 것들을 먼저 챙기면 큰 것들이 들어갈 자리가 비좁아진다. 그 순서를 바꾸면 퍼즐을 맞추듯 모든 것을 말끔하게 챙겨 넣을 수 있다.

사소한 일도 중요해. 하지만 그보다 먼저 해야 할 건 중요한 일을 먼저 챙기는 거야.

삶은 기적이다

We are involved in a life that passes understanding;
our highest business is our daily life.

존 케이지 John Cage

인간에게 주어진 삶은
인간의 이해를 초월해 있으며,
우리에게 주어진 가장 큰 임무는
하루하루 살아가는 것이다.

✉   삶이 무미건조하게 느껴질 때가 있다. 그럴 때는 일상에서 일어
나는 기적의 순간들을 생각해보라. 몸에서 일어나는 신진대사 과정, 별 생
각 없이 혜택을 받고 있는 첨단기술들, 내가 만들어내는 하루하루의 정밀
함. 이 모든 것이 얼마나 잘 흘러가고 있는지 생각해보라. 너무나 친숙하다
보니 놓치기 쉽지만, 삶은 늘 경이로움과 함께한다.

하루하루 일과가 평범하게 보일지라도 그 안에는 기적과 은총이 함께한다는 사실을 깨닫자.
그 마음으로 내 모든 일상에 감사하자.

지쳐 있다면 잠시 미루자.

맑은 정신으로

충분히 생각할 때까지.

March

What was hard to bear is sweet to remember.

견디기 힘든 것일수록 아름다운 추억이 된다.

가장 효과적인 설득

The most effective persuasion is a life well lived.

안나 비요르크룬드 Anna Björklund

가장 효과적인 설득은 제대로 잘사는 것이다.

소중하게 간직하는 믿음이나 주장을 장황한 말로 설명하기는 쉽다. 그러나 말로 누군가를 설득하는 데 성공하는 경우는 극히 드물다. 때로는 행동으로 말해야 할 때가 있다. 말로 떠드는 것이 아니라 일상에서 변해가는 것을 보여줄 때 상대방은 내 믿음과 가치관, 주장을 보다 감명 깊게 받아들이고, 저절로 본받고 싶다고 생각한다.

내 입장을 이해시키려고 꼭 말해야 할 필요는 없어. 내가 하는 행동만으로도 충분히 전달되니까.

시간의 가치

Dollars cannot buy yesterday.

해럴드 R. 스타크 장군 Admiral Harold R. Stark

돈으로는 어제를 살 수 없다.

추도사를 낭송할 때, 돌아가신 분이 얼마나 큰 부자였는지 칭송하는 경우는 극히 드물다. 대개는 그와 함께했던 시간을 추억한다. 물론 따지고 보면 살아가는 데 돈이 중요할 수 있다. 그러나 돈보다 중요한 것은 시간이다. 인간관계에서 가장 소중한 투자는 시간이다. 돈은 쓰고 나면 다시 모을 수 있지만 한번 지나가버린 시간은 영영 되돌릴 수 없다.

가난한 것보다는 풍족한 게 좋지만, 그렇다고 내 시간을 돈과 비교하지 말자.

변화는 몸에서 시작된다

Movement is a medicine for creating change in a person's
physical, emotional, and mental states.

캐럴 웰치| Carol Welch

> 몸동작은 한 사람의 신체, 정서, 그리고
> 정신 상태에 변화를 가져다주는 약이다.

몸, 감정, 그리고 사고는 모두 서로 연결되어 있다. 감정이 긴장하면 몸에 드러나 보인다. 이완운동이나 명상으로 근육의 긴장을 풀어주면 마음이 편안해지고 흥분도 가라앉는다.

어떤 문제를 해결하지 못할 때 산책하는 것이 최선의 방법일 수 있다. 다른 사람들로부터 소외되었다고 느낄 때 고개를 떨어뜨린다. 그때 일부러라도 고개를 들고 어깨를 펴면 마음이 편안해지고, 다른 사람들에게도 내가 보다 가까이하고 싶은 사람으로 보이기 시작한다.

뜻대로 되지 않는 건 혹시 내 몸이 문제가 있어서는 아닐까? 건강 문제 때문에 일이 꼬이는 건 아닐까?

한 번에 하나씩

Home wasn't built in a day.

제인 에이스 Jane Ace

가정은 하루아침에 지어지지 않았다.

/ 끊임없는 집안일과 과다한 업무에 질려버리기 십상이다. 이 많은 일을 언제 어떻게 다 처리하나 걱정하다가 잠도 제대로 못 자는 경우도 허다하다. 그러나 해야 할 일들을 한 번에 하나씩 차근차근 처리해나가겠다고 마음먹고 사무실이나 집에 들어간다면 태산 같은 일도 점점 줄어들기 시작한다. 그 무엇보다 중요한 것은 밤에 발을 쭉 뻗고 편안하게 잘 수 있다는 사실이다. 꾸준히 하다 보면 내일 또 어떤 일이 나를 기다리고 있더라도 완수할 자신이 생긴다.

한꺼번에 처리하려고 서둘지 말자. 하나씩 하나씩 처리하면 되는 거야.

반복되는 일이라도

If you do the same thing every day at the same time for the same length of time,
you'll save yourself from many a sink. Routine is a condition of survival.

플래너리 오코너 Flannery O'Connor

매일 똑같은 일을 똑같은 시각에 똑같은 시간을 들여
한다면 불필요한 수고를 크게 줄일 수 있다.
매일 되풀이하는 일과는 생존을 위한 조건이다.

변화를 추구한다고 해야 할 일을 모른 체할 이유는 없다. 아무리
큰 일도 작은 일에서부터 시작하고, 보잘것없고 반복되는 일이라도 그만
한 이유는 분명히 있다. 일상을 가꾸면서도 충분히 새로운 습관을 내 것으
로 만들 수 있다.

기본적인 것에 충실하면서도 새로운 일을 시작할 수 있어.

뒤를 돌아보라

What was hard to bear is sweet to remember.

포르투갈 격언

견디기 힘든 것일수록 아름다운 추억이 된다.

시간이 흐른 뒤에 돌아보면 그 당시에는 어려웠던 일이었지만 한편으로는 그것이 얼마나 귀중한 경험이었는지 알게 된다. 일 때문에 스트레스가 이만저만이 아니었지만, 돌이켜보면 그처럼 열심히 일하는 동료들과 함께 팀을 이루어본 적은 없었다. 지나간 일들을 소중히 간직하다 보면 지금 이 순간을 가치 있게 살아야겠다는 생각도 잊지 않게 된다.

힘겨웠던 때를 떠올리면 지금 하는 일은 푸념할 일도 아니야. 더구나 그때의 도전이 지금 내게 큰 힘이 되고 있으니까.

두려움을 이기는 방법

The defense force inside of us wants us to be cautious, to stay away from anything as intense as a new kind of action. Its job is to protect us, and it categorically avoids anything resembling danger. But it's often wrong.

바버라 셔 Barbara Sher

우리 마음속에는 늘 뭔가를 경계해 조심하고,
과격한 행동은 멀리하려는 본능이 자리 잡고 있다.
그 본능은 우리를 보호하며,
위험해 보이기만 해도 일일이 피하도록 한다.
그런데 그 본능은 틀린 적이 많다.

많은 사람들 앞에서 말해야 할 때, 아주 높은 곳에 오를 때, 사랑하는 사람과 마찰이 생겼을 때를 비롯해 수많은 것이 두려움을 일으킨다. 심장이 뛰고, 손바닥에 땀이 흥건하고, 입이 마르고, 그 상황에서 달아나고 싶어진다. 그러나 그 상황을 피하기란 불가능하다. 두려움이 내 몸을 붙잡아두는 것은 내가 그렇게 하라고 허락했기 때문이다. 두려움을 치료하는 유일한 방법은 그 상황과 당당하게 마주하고 계획대로 밀어붙이는 것이다.

알고 보면 별일 아닌데도 두려움 때문에 망설인 일이 많았어. 지금 하는 일도 나중에 돌아보면 결코 두려운 일이 아닐 거야.

돈으로 살 수 없는 것

So often we rob tomorrow's memories by today's economies.

존 메이슨 브라운 John Mason Brown

우리는 오늘의 경제 사정으로 인해
내일의 추억거리를 잃는 경우가 많다.

효율성과 알뜰함을 핑계로 지나치게 구두쇠 노릇을 할 때가 있다. 가족 휴가를 알뜰하게 다녀올 계획을 짜는 대신 여행 자체를 아예 무시해버리기도 한다. 분수에 맞추어 한계를 두어야겠지만, 삶의 기쁨들조차 돈에 맞출 필요는 없다. 좋은 시간이란 반드시 은행 잔고를 바닥내거나 스케줄을 완전히 벗어나야 얻는 것은 아니다.

혹시 나는 돈에 휘둘려 사는 건 아닐까? 느긋한 태도를 갖고 미래를 위해 긍정적인 추억을 만드는 건 돈으로는 살 수 없잖아.

오늘은 씨앗을 뿌릴 때

Judge each day not by its harvest, but by the seeds you plant.

화자 미상

수확으로 그날을 판단하지 말고
뿌린 씨앗으로 그날 하루를 판단하라.

뿌린 씨앗은 시간이 지난 후 거두어들인다. 그러나 그 수확은 일시적인 경우가 흔하다. 큰 꿈을 이루었을 때, 누군가에게 뭔가를 가르쳐준 보람을 느낄 때, 인생의 중요한 이정표를 만났을 때를 비롯해 그때를 향해 나를 이끌어준 평범한 하루하루가 모여 이루어졌으며, 그 하루하루는 바로 내가 씨앗을 열심히 심은 날들이다.

오늘 일어난 일들을 곰곰이 되돌아보며, 잠시 하던 일을 멈추고 직접 심은 씨앗의 가치를 생각해보고, 풍성하게 수확할 수 있도록 소망해야 한다.

오늘 내게 더없이 중요한 일을 했어. 오늘 하루의 땀을 누구보다 사랑하고, 그래서 내일은 더 나아질 거야.

좋아하는 일을 하라

The road to happiness lies in two simple principles: Find what interests you
and that you can do well, and put your whole soul into it-every bit of energy and
ambition and natural ability that you have.

존 D. 록펠러 3세 John D. Rockefeller III

행복으로 가는 길은 두 가지 원칙 위에 놓여 있다.
내가 좋아하고 내가 잘할 수 있는 것을 찾은 다음,
거기에 온 힘을 다하는 것이다. 내가 가진 에너지, 야망, 그리고
타고난 재주 등을 하나도 남김없이.

🌷 　　내가 흥미를 갖고 있는 일, 시간이 날 때마다 연습하고 배우는 일
이 무엇인지 알아내야 한다. 그것이 뭔지 알기만 하면 그것이 주된 업무로
바뀔 가능성이 높아진다.

좋아하는 일을 찾지 못했다면 속한 곳에서 잘할 수 있는 일을 찾아내야 한
다. 그리고 누구보다 그 일에 열중하라. 그러면 당신이 직원이든 가정주부
든 남보다 돋보일 것이다. 고객들도 자연스럽게 호의를 베풀 것이다.

내 흥미와 재능에 잘 어울리는 직장에 다니고 있음에 감사하자. 그리고 누구보다 잘할 수 있
다고 믿자.

내게는 날개가 있다

Be like the bird that, passing on her flight awhile on boughs too slight, feels them give way beneath her, and yet sings, knowing that she hath wings.

빅토르 위고 Victor Hugo

새를 닮아라.
새는 날아가다가 잠시 앉은 나뭇가지가 연약해
부서져 내리는 것 같아도
자신에게 날개가 있음을 알고 노래 부른다.

타고난 재능과 재주를 키워가면서 자신감도 강해진다. 자신감을 가지면 불안정하거나 불확실한 것과 마주하더라도 덜 초조해진다. 어떤 상황에 부딪혀도 극복할 수 있다는 것을 알기 때문이다. 어제, 어려움이 닥쳤을 때 이를 극복하고 일어서지 않았는가. 앞으로도 그럴 것이다. 고난과 맞서 싸울 능력을 가질 때 그 상황이 오히려 즐거울 수 있다.

내게 이만한 능력이 있음을 감사하고, 내가 가진 자신감을 감사할 거야. 내일 어떤 일이 닥칠지라도 나는 그 일을 처리할 수 있고, 당당히 가슴을 펴고 고개를 들 거야.

용서하고 기억하라

The stupid neither forgive nor forget;
the naive forgive and forget;
the wise forgive, but do not forget.

토머스 사즈 Thomas Szasz

어리석은 사람은 용서하지도 잊지도 않는다.
순진한 사람은 용서하고 잊어버린다.
현명한 사람은 용서하되 잊지는 않는다.

✉ 　사람들은 용서하고 잊어버리라고 말한다. 그러나 용서하고 살며
시 기억하는 것이 보다 현실적일 수 있다. 용서함으로써 다른 사람에게 앙
갚음하겠다는 생각을 떨쳐버릴 수 있다. 그들을 과오로부터 벗어나게 해
주고, 자신은 응어리와 쓰라림에서 벗어날 수 있다. 신뢰를 다시 쌓으려면
시간이 걸린다. 그리고 똑같은 일을 되풀이하지는 말아야 한다. 다만, 잊지
는 말아야 하지만 그 일에 매달리지 않는 것이 더 현명하다.

잊을 수는 없지만 용서할 수 있어. 그리고 그런 경험을 다시 할 때는 그런 일이 없도록 지혜로
워야 해.

소중한 시간

AIDS presents me with a choice: the choice either to be a hopeless victim and die of AIDS, or to make my life right now what it always ought to have been.

에이즈 환자, 그레이엄 Graham

에이즈는 내게 선택권을 주었다.
속수무책으로 에이즈로 죽을 것인가, 아니면
미처 살지 못한 올바른 삶을 시작할 것인가?

건강할 때는 자신에게 주어진 생이 얼마나 짧고 무상한지를 생각하지 않는다. 많은 것을 당연히 그런 것이려니 무시해버린 채 사소한 문제에만 매달려 바동거린다. 그러다가 병이 생겨서야 비로소 시간이 얼마 남지 않았음을 깨닫는다.

충격과 슬픔에서 벗어나면 그것을 받아들이게 되고, 평소에 하고 싶었던 일에 전념하게 된다. 그제야 의미 있는 삶을 시작한다. 이런 절박감을 지니려고 병에 걸리기를 기다릴 필요는 없다. 바로 지금, 사랑하는 사람과 더불어 이런 삶을 만들어 갈 수 있다.

내 삶은 누구보다 소중해. 사랑하는 사람들도 내게는 너무나 소중해. 내게 주어진 하루하루를 의미 있게 보내고, 내 곁에 있는 이들을 사랑해야지.

이웃을 돌아보라

A man is called selfish not for pursuing his own good, but for neglecting his neighbor's.

리처드 훼이틀리 Richard Whately

이기적인 사람은 자기 이익을 좇는 사람이 아니라
제 이웃을 나 몰라라 하는 사람이다.

♡ 　 어려운 처지에 있는 이웃을 보고도 마음이 움직이지 않을 때 이기적인 사람으로 손가락질 당한다. 가까운 이웃이거나 멀리 있는 누군가라도 이웃을 돕고 격려해줄 일은 늘 일어난다.

다른 사람을 생각하고 돌보는 데 반드시 큰돈을 들이거나 뭔가를 나서서 해야만 하는 것은 아니다. 식당 종업원에게 미소나 친절한 말 한마디 건네는 것만으로도 보다 나은 세상으로 바꿀 수 있다. 미소라도 보여줄 때 함께 사는 세상임을 알게 되고, 이기심을 버릴 수 있다.

어려운 처지에 있는 이들에게 눈을 돌려보자. 작은 힘이라도 그들의 무거운 짐을 덜어줄 수 있는 걸 해보자.

모든 게 분명해질 때

One's mind has a way of making itself up in the background. and it suddenly becomes clear what one means to do.

아서 크리스토퍼 벤슨 Arthur Christopher Benson

> 결심은 마음의 한구석에서 나도 모르게 이루어져,
> 내가 하고자 하는 일이 갑자기 분명해지게 한다.

한 가지 선택으로 몇 주 동안 씨름하기도 한다. 학업을 그만 끝마쳐야 할까, 계속해야 옳을까? 이때 긍정적인 면과 부정적인 면을 저울질한다. 그러다 갑자기 똑같은 교육의 기회가 직장에도 있음을 깨닫는다.

우리의 본능은 늘 무엇인가 말해준다. 그것이 얼마나 자주 일어나는지, 흥미롭다. 결정하려고 여러 가지 논리적인 방법을 사용하다가, 모든 것을 바꾸어 놓는 엉뚱한 카드에서 해답을 찾기도 한다. 그러면서 혼잣말을 한다. '왜 진작 이 생각을 하지 못했을까?'

억지로 결정하려고 애쓰지 말자. 결정을 미루지는 않겠지만, 그렇다고 해서 결정해야 한다고 집착하다 보면 오히려 일을 망치기 쉬우니까.

진실을 춤추게 하라

If you cannot get rid of the family skeleton, you may as well make it dance.

조지 버나드 쇼 George Bernard Shaw

가문의 수치를 제거할 수 없다면
차라리 춤추게 하는 게 낫다.

누구에게나 절망적인 일이 있었고, 누구에게도 말하고 싶지 않은
일들도 있다. 그런데 그 상처를 치유하려 하기보다는 진실을 감추려고만
한다. 교정 치료를 미룬 탓에 겉으로는 보이지 않지만 뼈가 이미 굴절되어
있듯이. 진실을 감추는 것은 아무런 도움이 되지 않는다.
못난 진실이라도 춤추게 하라. 겉으로 드러내기 힘들더라도 말할 수 있는
치유법을 찾아라. 숨겨 두기만 했던 그 한 조각 진실을 터놓을 때 무겁던
마음이 비로소 홀가분해진다.

상처를 치료하는 최선은 병원에 가는 것이고, 수치를 이기는 최선은 진솔해지는 거야.

매너가 인격이다

Manners are a sensitive awareness of the feelings of others. If you have that awareness, you have good manners, no matter what fork you use.

에밀리 포스트 Emily Post

> 매너란 상대방이 받을 느낌을 예민하게 깨닫는 것이다.
> 이로써 당신은 어떤 포크를 쓰든 훌륭한 매너를 가진다.

매너는 단순히 문화적인 규범을 따르는 것이 아닌, 그 이상이다. 규범은 한결같지 않다. 다른 곳의 매너까지 제대로 지키기는 힘들지만, 주변을 눈여겨보면 사람들이 어떻게 행동하는지 알 수 있고, 모르는 것은 물어볼 수 있다. 그들은 낯선 사람의 예민함을 알아차린다. 그들은 낯선 사람의 실수를 너그럽게 봐주고, 그들의 규범에 어긋나더라도 이를 친절하게 지적해줄 것이다.

사회에서 요구하는 에티켓을 세밀한 부분까지 다 알 수는 없지만, 배려하는 마음은 식사 예절을 지키는 것보다 훨씬 중요해. 그리고 정말 중요한 건 다른 사람과 제대로 어울리고 그들을 존중하는 것이겠지.

남을 부러워하기 전에

Blame yourself if you have no branches of leaves; don't accuse the sun of partiality.

중국 격언

나뭇잎이 무성한 가지가 없으면
해를 탓하기 전에 자신을 꾸짖어라.

그 사람이 왜 나보다 돈이 많고 더 성공했는지 이해가 안 될 때가 있다. 그러다 나는 운이 없어서 그랬으려니 푸념하곤 한다. 그러나 깊이 들여다보면 그들 대부분이 시련을 거쳐 왔음을 알게 된다.

누구나 좋은 일과 궂은일을 겪으며 살지만, 풍파를 대하는 태도와 접근 방식은 저마다 다르다. 예를 들어 좋은 에너지가 내 안에 들어오는 것을 깨달을 때 이를 영양분으로 삼고 가꾸는 사람도 있고, 서둘러 열매를 맺지 않는다고 탓하는 이들도 있다.

의도하지 않은 상황 때문에 한탄할 때도 있어. 하지만 그건 잠깐이면 충분해. 그 몫을 어떻게 하느냐는 내 몫이니까.

완벽한 친구는 없다

We shall never have friends if we expect to find them without fault.

토머스 풀러 Thomas Fuller

결점 없는 친구를 기대한다면
우리는 결코 친구를 만들 수 없다.

개인적인 결점이 있다는 이유로 친구로 사귀기를 피한 적이 있는가? 가까이 지낼 친구를 고를 때, 그의 성격을 살피는 것은 좋지만, 때로는 섣불리 판단해 그 때문에 내 삶에 신선한 자극을 줄 기회를 놓치기도 한다. 만족할 줄 모르는 사람은 아무리 많이 배웠어도 저 혼자 그것을 즐길 수밖에 없다.

새 친구를 사귈 때, 완벽한 사람은 없다는 걸 잊지 말자. 그에게서 무엇을 배울지를 먼저 생각하자.

나를 키우는 건 나 자신

Trust yourself. Create the kind of self that you will be happy to live with all your life. Make the most of yourself by fanning the tiny, inner sparks of possibility into flames of achievement.

골다 메이어 Golda Meir

자신을 신뢰하라.
평생 함께 살며 만족할 수 있는 자아를 창조하라.
가능성이라는 불꽃을 성취의 불기둥으로 만듦으로써
자기 자신을 최대한 이용하라.

평생 자신과 더불어 살아야 한다. 어떤 인간이 될지 결정해야 한다. 스스로가 늘 함께하고 싶은 동반자가 되도록 해야 한다.
내가 바라는 모습과 현재의 자신을 비추어 보고 평가하기란 어려운 일이다. '정말 바라는 대로 이루어질 날이 올까?' 의구심이 생긴다. 하지만 이루어질 것이라고 다짐하라. 지혜롭게 끊임없이 성장하고 성숙해질 것이라고 자신을 믿어라. 필요한 것은 단 하나, 마음속에 있는 아름다운 불꽃을 부채질해 불기둥으로 활활 타오르게 하는 것뿐이다.

5년, 10년 후의 나를 꿈꾸고 있어. 지금 작은 일이라도 시작하고 실천한다면 그날은 반드시 올 거라고 믿어.

반드시 봄은 온다

Everything holds its breath except spring. She bursts through as strong as ever.

B. M. 바우어 B. M. Bower

모든 것이 숨을 죽이지만 봄만은 예외다.
봄은 그 어느 때보다 더 힘차게 치솟아 오른다.

늘 봄의 활기에 놀란다. 파릇파릇한 초록빛의 새순들이 얼어붙은 땅과 추위를 뚫고 솟아오른다. 하루해가 길어질수록 우리도 활기가 넘친다. 태양은 세상을 밝게 비추고 창조의 힘과 긍정적인 생각을 북돋아준다.

최첨단 시대에 살고 있지만 여전히 자연의 순환은 경이로워. 그리고 그 힘에서 배우고 삶의 이치를 깨닫기도 해.

몸은 마음을 안다

When one is pretending, the entire body revolts.

아나이스 닌 Anaïs Nin

자신을 속이면 온 몸이 일어나 반항한다.

♡   어깻죽지가 결리고 온몸이 쑤시는 등, 뭔가 속이거나 숨기기 시작하면 몸이 먼저 반응한다. 몸은 진실한 삶을 선호한다. 우리 몸은 거짓된 삶을 살거나 자신이 아닌 다른 사람이 되도록 하지 않는다. 자신의 욕망, 의견, 열정, 관심, 기억을 감추려 할 때 몸은 이에 거부반응을 일으킨다.

편하고 쉬고 싶은데 몸은 왜 여전히 굳어 있을까? 혹시 여전히 안고 있는 걱정과 스트레스 때문에 건강마저 해치는 건 아닐까?

피하지 말고 마주하라

Not everything that is faced can be changed, but nothing can be changed until it is faced.

제임스 볼드윈 James Baldwin

> 직면한다고 해서 모든 것이 바뀌는 것은 아니지만,
> 직면하기 전에는 아무것도 바꿀 수 없다.

살면서 겪는 문제들 중 어떤 것은 내 힘으로는 도저히 바꿀 수 없는 경우도 많다. 부상을 입을 수도 있고, 질병에 걸릴 수도 있다. 소중한 친구가 멀리 이사 가거나, 직장에서 전근 발령이 나 승진에 장애가 생기기도 한다. 이럴 때는 비통함에 젖기 쉽지만, 이럴수록 그 상황을 바로 보는 것이 훨씬 더 건강하다.

상황을 피하지 않고 마주할 때 최소한 그 상황을 조금이라도 바꾸어 놓을 수 있다. 부상이나 질병에는 시간과 치료가 필요하고, 이사 간 친구에게 전화를 걸어 만날 때를 약속할 수 있으며, 상사와 진솔한 대화를 나누다 보면 새로운 기회가 보인다.

내게 주어진 도전에 당당하게 마주하자. 그래야만 그것이 내가 받아들여야 하는 건지 내가 바꿀 수 있는 건지 알 수 있으니까.

'더 간단하게'는 없다

Everything should be made as simple as possible… but not simpler.

알베르트 아인슈타인 Albert Einstein

> 모든 것은 가능한 한 간단하게 해야 하지만,
> '더 간단하게'는 안 된다.

사랑하는 사람과의 말다툼, 직장에서 겪는 기술적인 문제나 결함이 있는 작업 공정 과정, 혹은 개인적인 일로 겪는 갈등……. 상황을 복잡하고 꼬이게 하는 일은 수없이 많다. 이럴 때는 가장 간단한 해결책을 구해야 하겠지만, 지나치게 간단해도 문제가 될 수 있다. 중요한 세부 사항들을 얼버무린다면 오히려 일을 망칠 수도 있고 마음에 상처를 입을 수 있기 때문이다.

주어진 상황을 힘들다고 과대평가하거나 과소평가하지 말자.

배우며 익히는 동안

The way you get better at playing football is to play football.

진 브로디 Gene Brodie

풋볼 경기를 더 잘하는 방법은
풋볼 경기를 하는 것이다.

무엇인가 새로운 일을 할 때 배우는 것이 뜻대로 안 되면 짜증을 내게 된다. 하지만 모든 기술은 훈련하고 배워야 얻어진다. 시간이 걸릴 수 있다. 처음에는 우스꽝스러워 보일 수도 있다. 누구나 실수를 한다. 그러나 더 나아지는 유일한 길은 지도를 받은 후 거듭해서 연습하는 것이다. 그 결과, 똑바로 할 수 있고 보상도 주어질 것이다.

나는 지금 배우는 중이고, 새로운 기술을 익히는 중이야. 그러니 실수를 겸허히 받아들이고, 내게 주어진 일을 꾸준히 하자.

내게 주어진 시간

Time is the coin of your life. It is the only coin you have, and only you can determine how it will be spent. Be careful lest you let other people spend it for you.

칼 샌드버그 Carl Sandburg

시간은 삶의 동전이다.
그것은 내 수중에 있는 한 푼의 동전이며,
그것을 어떻게 쓸지는 나만이 결정할 수 있다.
다른 사람이 대신 쓰게 하지 않도록 조심하라.

다른 모든 것이 그렇듯, 내게 주어진 시간도 잘 쪼개서 계획하고 알차게 사용하지 않으면 폐기처분된다. 시간을 소홀히 하면 각종 위기나 다른 사람의 요구에 지배당하는 꼴이 되고 만다. 당당하게 아니라고 거절할 수 없는 것은 내가 그것을 제대로 챙기지 않았기 때문이다. 다른 사람을 위해 내 시간을 내주는 것은 좋지만, 그 선택은 내 스스로 해야 한다.

내게 주어진 시간을 사려 깊고 주도면밀하게 관리하자. 내 시간을 마음대로 빼앗아 쓰려는 이들의 압력에 굴복하지 말자.

계획이 취소되었을 때

Millions long for immortality who do not know what to do with themselves on a rainy Sunday afternoon.

수전 에르츠 Susan Ertz

수백만 명이 비 오는 일요일 오후에
제 몸 하나 어떻게 해야 할지 모르면서 영생을 바란다.

누구나 자신이 좋아하는 일을 할 시간이 더 많았으면 한다. 그러다 하고 싶은 일을 마음대로 할 수 있는 시간이 되면 모든 게 백지가 되어버린다. 허둥대는 일상에 익숙해져 있다 보니 막상 틈이 생기면 어색해진다. 하지만 그 짧은 시간이라도 한동안 보지 못했던 친구에게 전화를 할 수 있다. 읽고 싶었던 책을 읽을 수 있다. 편하게 잠을 잘 수도 있다.

계획이 취소되었을 때 남는 시간에 오히려 감사하자. 가끔은 그런 시간을 마음껏 누리는 것도 괜찮아.

편안한 침묵

True friendship comes when silence between two people is comfortable.

데이브 타이슨 젠트리 Dave Tyson Gentry

두 사람 사이의 침묵이 편하게 느껴질 때
진정한 우정이 시작된다.

사람을 사귈 때, 대화가 끊어지지 않고 계속 이어져야 한다고 생각한다. 말이 끊기면 내가 한 말이 상대방이 불편하지는 않을까 염려한다. 나를 어떻게 생각하는지 궁금하고, 나 역시 그를 어떻게 생각하는지 확실하지 않다.

그러나 서로 잘 알게 되면서 안정감을 느낀다. 대화가 잠시 끊기더라도 조마조마할 필요가 없다. 두 사람 사이에 생기는 침묵의 순간은 두 사람이 여유로운 순간을 함께하고 있음을 의미할 뿐이다.

서로 말을 하지 않더라도 함께 있어서 기분 좋은 친구가 있어. 그런 친구가 곁에 있음에 감사하고, 그런 관계를 늘 이어가야지.

위험할수록 기쁨도 크다

Danger and delight grow on one stalk.

영국 격언

위험과 기쁨은 같은 줄기에서 자란다.

가장 큰 기쁨은 종종 가장 큰 위험과 어깨를 나란히 하고 찾아온다. 사랑에 빠지거나, 오토바이를 타고 달리거나, 망망대해를 항해하는 법을 배울 때와 같은 즐거운 순간들은 위험하고 무모한 도전을 받아들여 이겨내고 승리해야 얻어진다. 위험을 극복할 때 기쁨이 찾아온다.

두려움과 마주하고, 두려움을 극복하는 것을 즐기자. 위험하지만 새로운 것과 마주할 때 나는 살아 있음을 느끼고, 그것을 이겨낼 때 나는 더 강해질 테니.

문제를 받아들이는 태도

Anything in life that we don't accept will simply make trouble for us until we make peace with it.

샥티 거웨인 Shakti Gawain

살아가면서 받아들이지 않은 문제는
그 문제를 해결할 때까지
계속 새로운 문젯거리를 만들어낸다.

현실을 거부하다 보면 결코 그것과 대적해 싸울 기회조차 주어지지 않는다. 힘들고 버겁다고 거부하기만 하면 그 문제는 끊임없이 되돌아와서 교묘한 방식으로 자신을 괴롭힌다. 오히려 문제를 받아들일 때, 마음의 감옥에서 벗어날 수 있고 변화의 가능성을 찾을 수 있다. 문제를 해결하려면 우선 그 문제를 받아들여야 한다.

알고 보면 의외로 쉬운 문제였는지도 몰라. 괜한 두려움 때문에 기회를 놓치는 건지도 몰라.
한번 해보는 거야. 그러면 다음 일도 문제없겠지.

결정에 따른 두려움

We lose the fear of making decisions, great and small, as we realize that should our choice prove wrong, we can, if we will, learn from the experience.

화자 미상

내 선택이 잘못된 것임이 판명 날 경우,
그 경험에서 배우고 배울 수 있음을 깨달을 때
비로소 그 결정이 크든 사소하든
결정에 따른 두려움에서 벗어날 수 있다.

누구도 완벽할 수는 없으며, 결정을 내리고, 시행착오도 하고, 이런저런 일을 겪는 과정에서 성공하며, 계속 밀고 나갈 때 성숙한다. 결정을 내리는 것도 훈련이 필요하다. 배울 각오만 있다면 그 어떤 경험도 헛되지 않다. 항상 최선을 다하며, 쓸모 있는 실수를 마다하지 않는 태도, 그것은 그 어느 것도 결정을 내리지 못하며, 늘 그 모양 그 꼴로 웅크린 채 두려움에 떠는 것보다 낫다.

결정을 내릴 수 있는 자유, 또한 실수할 수 있는 자유를 내게 허용하자. 그 과정에서 나는 많은 것을 배울 수 있을 거야.

오늘 흘린 하루의 땀을

사랑해야지.

내일은 오늘보다 나을 테니.

Many things are lost for want of asking.

구함이 없기에 많은 것을 잃는다.

그 일을 잊어버려라

Shed, as you do your garments, your daily sins, whether of omission or commission, and you will wake a free man, with a new life.

윌리엄 오슬러 Sir William Osler

옷을 벗어 던지듯 일상의 죄도 잊어버리거나
남에게 주어버려라.
그리하면 자유로운 인간으로 깨어나
새 삶을 누리게 될 것이다.

어제 한 일, 오늘 하지 않은 일을 이제 와서 바꿀 수는 없다. 다만 내일은 달리 하겠다고 다짐하고, 필요할 때 용서를 구할 수는 있다. 밤늦도록 근심하고 걱정한다고 문제를 해결하는 데 도움 되는 것은 아니다. 이런 저런 걱정은 한쪽에 밀쳐 두고 잠자리에 들자. 잠은 우리를 회복시키고 소생시켜준다. 아침이 되면 모든 것이 한층 더 환해질 것이다.

낮에 있었던 걱정거리와 시행착오를 한 곳에 치워버릴 거야. 지금은 편안하게 잠자리에 들 시간이니까.

일상 속의 경이로움

One never knows what each day is going to bring.
The important thing is to be open and ready for it.

헨리 무어 Henry Moore

하루하루 내게 무슨 일이 생길지는 모른다.
중요한 것은 두 손 벌려 그것을 받아들일
준비를 하는 것이다.

내일은 가능성으로 가득 차 있다. 내일 어떤 일이 생길지는 아무도 모른다. 매일 새 날을 위대한 모험으로 받아들이자. 기대감을 가질 때 평범한 일상으로 어깨가 처지는 것을 막을 수 있다. 매일매일 살아가는 가운데 기적이 있고 경이로움이 깔려 있다.

내일 무엇이 다가올지 모르지만, 그것을 받아들이자. 내일 아침, 내게 어떤 보물이 찾아올지 기대하며 깨어나자.

산에 오르듯 하라

Live your life each day as you would climb a mountain.
An occasional glance toward the summit keeps the goal in mind, but many beautiful scenes are to be observed from each new vantage point. Climb slowly, steadily, enjoying each passing moment; and the view from the summit will serve as a fitting climax for the journey.

해럴드 B. 멜처트 Harold B. Melchart

하루하루를 산에 오르듯 살아라.
가끔 한 번씩 정상을 훔쳐보면
목표에 대한 결의를 다지는 데 도움이 되지만,
수많은 절경은 저마다 가장 좋은 전망 지점이 따로 있다.
천천히, 꾸준히, 스쳐 지나가는 순간들을 음미하며 올라라.
정상에서 보는 전망은 그 여정에 어울리는
클라이맥스로 걸맞을 것이다.

끊임없이 불평불만을 쏟아내면서 산에 오른다면 얼마나 슬픈 일일까. 불평으로 자신을 소모해버리고, 절경을 제대로 보지 못하며, 동반한 이들의 기운마저 눅눅하고 무겁게 가라앉을 것이다. 인생이라는 고도에 오르기는 힘들지만, 그 길에 놓인 풍경은 너무나 아름답다. 그 어느 것도 함부로 놓치지 말아야 한다.

삶이라는 산을 기쁜 마음으로 오르자. 그리고 정상에 올랐을 때는 그 행복을 만끽하자.

성격은 습관에서 자란다

Character is simply habit long enough continued.

플루타르크 Plutarch

성격은 간단히 말해
충분한 시간 동안 계속된 습관이다.

일정한 일을 이 주 동안만 꾸준히 계속하다 보면 그것은 습관이 된다. 그것을 이 개월 정도 지속하다 보면 하지 않고는 못 배기는 일이 된다. 몇 년을 계속하다 보면 사람이 바뀐다.

좋은 것이든 나쁜 것이든 습관은 나를 구성하며 나의 가치를 드러낸다. 다른 사람들은 나를 어떻게 볼까? 까다롭다, 재미있다, 변덕스럽다, 내성적이다, 진솔하다, 혹은 늘 심각하다? 그들은 내 습관을 토대로 나를 가늠한다.

성격은 습관이 쌓인 결과라는 걸 잘 알아. 어제 내가 화를 내고 서두른 것은 내 생활 습관이 잘못된 탓일 거야. 시간이 걸리겠지만 잘못된 습관을 바꾸어야겠다.

돈은 만족하지 않는다

Who is rich? He that is content. Who is that? Nobody.

벤저민 프랭클린 Benjamin Franklin

부자란 어떤 사람인가? 만족하는 사람이다.
그 사람이 누군가? 아무도 없다.

돈이 많으면 편하다. 차가 고장 났다면? 걱정할 것 없다. 당장 새 차를 사면 된다. 돈이 많으므로. 그러나 돈이나 소유물이 나를 결정하는 것은 아니다. 월급 때문에 마음에도 없는 직장에 붙잡혀 있는가? 나보다 더 큰 집에 살거나 최신형 자동차를 몰고 다니는 이웃을 질투하는가? 그러나 그런 이웃 역시 자신은 땀 흘려 일하는데 다른 사람은 공짜로 받아 챙긴다면서 기분이 틀어진다.

돈이 없으면 불편해. 하지만 돈으로 모든 걸 살 수 있는 건 아니야. 더구나 만족은 돈이 아니라 내 마음의 풍요로움에서 오니까.

소중한 사람들

Call it a clan, call it a network, call it a tribe, call it a family;
whatever you call it, whoever you are, you need one.

제인 하워드 Jane Howard

가문, 인맥, 일가친척, 혹은 가족 등
어떤 말로 부르더라도 상관없다.
어떤 존재라도 그것은 우리에게 필요하다.

♡　　　사회적 존재인 인간은 숱한 관계 속에 엮여 있다. 내 참모습은 내가 가진 명함으로 만들어지는 것이 아니다. 먹을 것과 물이 필요하듯, 사회생활을 하는 시간과 장소도 필요하다. 아무리 내성적인 사람이라도 서로 반성하며, 묻고, 격려하고, 지지해줄 친구가 최소한 몇 명은 필요하다. 이처럼 안정된 인간관계 속에서 자신을 계발하고 자신의 참모습을 빚는다.

내 가족, 혹은 가족과 다름없는 친구들을 아끼고 사랑할 거야. 그들은 내게, 그들에게 나는 서로 필요한 존재니까.

장인에게 배워라

The laboring man and the artificer knows what every hour of his time is worth,
and parts not with it but for the full value.

클래런던 백작 Lord Clarendon

근로자와 장인들은 자기가 가진 시간의 가치를 알고
제 가격을 제대로 받지 않으면 그것을 내놓지 않는다.

장인은 자신이 하는 일의 가치를 잘 안다. 그들은 한 작품에 자신
의 모든 에너지와 창의력을 바친다. 그들이 매 시간마다 쏟아붓는 노력은
칭송받아 마땅하다.

우리 역시 마찬가지다. 우리는 가정이나 직장에서 다른 사람의 시간을 존
중해주고, 상대에게 부담되는 부탁을 하지 않도록 조심해야 하며, 자신의
시간을 귀중하게 여길 줄 알아야 한다. 맡은 일에 자신을 바쳐야 한다. 그때
비로소 그에 따른 보상을 받고 인정을 기대할 수 있다.

내가 하는 일에 땀과 노력을 바치고, 그런 시간과 정성을 귀중하게 여기자. 그리고 다른 사람
들의 노고에 아낌없이 박수쳐 주자.

얻으려면 먼저 구하라

Many things are lost for want of asking.

영국 격언

구함이 없기에 많은 것을 잃는다.

때로 기회가 눈앞에 있음에도 불구하고 지나쳐버리는 경우가 있다. 너무 근사해 현실이 아닌 것처럼 보이거나, 자신의 의견을 당당히 밝히기가 두렵기 때문이다. 무엇인가를 얻고자 할 때 일어날 수 있는 최악의 시나리오는 단지 "아니오"라는 말뿐이다. 그 결과는 아무것도 원하지 않았을 때와 똑같을 뿐만 아니라 손해 보는 것도 없다.

비록 기대 밖의 대답이 돌아올지 모르지만, 그래도 나는 용기를 내어 요청할 거야. 그러면 오히려 기대한 답이 나올 수도 있고, 그로써 내 인생이 바뀔 수 있어.

단순하게 생각하라

Any intelligent fool can make things bigger, more complex, and more violent. It takes a touch of genius—and a lot of courage—to move in the opposite direction.

E. F. 슈마허 E. F. Schumacher

지성적인 바보는 뭐든지 더 크게, 더 복잡하게,
더 대단하게 만들 수 있다.
그러나 그 반대로 만들려면 천재의 손길,
그리고 많은 용기가 필요하다.

빚에서 헤어나려 허덕이는 사람이든, 평화를 되찾으려는 나라든,
이미 엎질러진 난장판을 치우는 것은 힘겹다. 우리는 쉽게 문제에 부딪히
고, 문제가 없던 곳에 문젯거리를 만들고, 말끔하던 곳을 어질러 놓고, 억지
로 일을 만들어낸다.

스트레스를 쌓이게 하는 세상의 흐름에서 벗어나려면 창의성과 용기가 필
요하다. 그리고 단순하게 보는 지혜가 필요하다. 그것은 나 개인에서 시작
해 세상 모든 곳으로 퍼져 나간다.

때로는 모든 일을 단순하게 보는 눈이 필요해.
걱정도 근심도 복잡하게 생각한 탓일 수 있으니.

변화를 기꺼이 품어라

A single event can awaken within us a stranger totally unknown to us.

앙투안 드 생텍쥐페리 Antoine de Saint-Exupéry

단 한 가지의 사건이 우리가 전혀 알지 못했던
내면의 이방인을 깨울 수 있다.

중대한 위기의 순간이나, 가장 행복한 순간일 수도 있고, 저녁에
산책하다 문득 찾아오는, 정신이 맑아지고 겸허해지는 순간이 될 수도 있
다. 갑자기 전혀 다른 생각이 떠오르면서 앞으로 새롭게 바뀔지 예전의 나
로 돌아갈지 선택할 때가 온다.

새로워진 내 모습을 사람들에게 어떻게 설명해야 할까? 나는 그것을 어떻
게 받아들일까? 대답은 쉽지 않다. 그러나 예전의 나와는 전혀 달라진 나와
마주하게 된다. 두려워하지 말고, 새로운 모습과 그에 따른 변화를 기꺼이
품어라.

힘들었던 때도 있었지만 그 시련을 이겨내는 과정에서 나는 강인해졌어. 그렇게 변해가는 내
모습과 내가 만들어내는 이야기들이 경이로울 따름이야.

퍼즐을 끝내기까지는

Opportunities are usually disguised as hard work,
so most people don't recognize them.

앤 랜더스 Ann Landers

기회는 흔히 고생으로 가장하고 있기 때문에
사람들은 대부분 알아보지 못한다.

1   "너무 힘들어" 혹은 "처음부터 잘못된 거야"라고 말한다. 이는 도전을 피하는 가장 흔한 변명이다. 은 쟁반을 가져와 무릎 위에 올려주어도 그 가치를 알지 못하고, 그 위에 미처 끝내지 못한 퍼즐 조각들만 놓고 일어선다. 꿈을 실현하려면 수고와 정성을 들여야 한다는 것은 인류의 오랜 교훈이다.

성공한 사람일수록 기회는 결코 함부로 오지 않는다는 것을 잘 안다. 퍼즐은 마지막 한 조각이 없으면 완성되지 않고, 그 마지막 한 조각에 이르러야만 완벽해진다.

함부로 탓하지 말자. 함부로 비관하지 말자. 아직 기회는 많고, 나는 충분히 할 수 있으니.

먼저 채워야 할 것

To live is so startling it leaves little time for anything else.

에밀리 디킨슨 Emily Dickinson

산다는 것은 너무나 깜짝 놀랄 일이어서,
도무지 다른 생각을 할 여유를 주지 않는다.

인생은 유리병 같아, 그 안에 모래, 자갈, 돌을 넣을 수 있다. 때로는 모래를 돌로 여기며 목숨을 걸곤 한다. 사소한 일을 큰일인 양 여긴다. 하지만 유리병을 모래부터 채우면 자갈과 돌을 병 속에 넣기가 힘들어진다.

삶을 충만하게 해주는 활동에 시간을 먼저 배정하라. 돌을 채우고, 그 틈에 자갈을 채우고, 나머지 작은 틈에 모래를 넣어라. 이로써 삶은 보다 풍요로워지고, 정신이 보다 선명해지며, 보다 더 행복한 인생을 누릴 수 있다. 모래에 집착해서는 돌을 넣을 수 없다.

돌아보면 별것 아닌 일로 근심하고 걱정했는지 몰라. 그 때문에 정작 해야 할 일을 하지 못한 건지도 몰라.

겁낼 겨를도 없다

Become so wrapped up in something that you forget to be afraid.

버드 존슨 부인 Lady Bird Johnson

> 무엇인가에 정신이 팔려 있다 보면
> 겁내는 것도 잊어버린다.

사고 현장에서 영웅적인 행동을 한 사람을 인터뷰할 때 늘 하는 질문이 있다. "그런데 겁나지 않았나요?"

그들은 거센 불길이나 자동차 파편, 가파른 절벽이 전혀 무섭지 않았을까? 이들의 대답은 한결같다.

"같은 상황에 처했더라면 누구라도 했을 일을 한 것뿐입니다. 겁낼 겨를이 없었죠."

이는 위기의 순간에만 가능한 것이 아니다. 마감 시간이 촉박할 때, 힘든 작업을 할 때, 인간관계가 복잡해질 때도 그럴 일은 얼마든지 많다. 누구나 두려움이 판단력을 흐려 놓지 못할 만큼 그 일에 집중할 수 있다.

지금 맡은 일이나 관계에만 집중하고 거기에 모든 희망을 걸자. 두려움으로 움츠러들 여유가 없도록 하자.

놀 때는 신나게 놀아라

The true object of all human life is play.

G. K. 체스터턴 G. K. Chesterton

인생의 진짜 목적은 노는 것이다.

🎩 　　노는 것을 경망스럽게 여기기도 한다. 하지만 놀이는 유기적인 배움과 성장을 불러온다. 놀이하는 가운데 새로운 아이디어가 떠오르기도 한다. 놀이는 삶에 신선한 에너지를 안겨준다. 그리고 새로운 동작을 발견하게 해준다. 놀이는 다른 사람과 한 데 묶어주는 기쁨의 끈이다.

오늘 땀 흘려 일했으니, 지금부터는 신나게 노는 거야. 그 누구도 신경 쓰지 말고.

친절이라는 보물

Guard well within yourself that treasure, kindness. Know how to give without hesitation, how to lose without regret, how to acquire without meanness.

조지 샌드 George Sand

네 안에 있는 보석, 친절을 잘 보호하라.
망설임 없이 주고, 후회 없이 잃고, 인색함 없이 얻어라.

우리는 무언가를 베풀 때 '이러면 나한테 뭐가 득이 되지?' 의심하곤 한다. 언젠가 그 보답을 받게 될 것이라고 여길 때에만 도움의 손길을 내민다. 친구에게 돈을 빌려주면서 이자까지 받고 돌려받을 생각을 한다. 승진에 도움 되기 위해, 내 가치를 높이기 위해 일이나 자원봉사를 한다. 무엇을 얻고 잃을지 그것에만 집중한다.

그러나 진정한 친절에는 보상이 없다. 다른 사람과 함께 나누어 갖는다고 해서 내 행복이 줄어들 이유도 없다. 친절한 마음은 촛불과 같아, 자신의 불꽃을 전혀 잃지 않고도 세상을 밝힐 수 있다.

내 친절에 보답 받지 못한다고 해도 나는 여전히 친절을 베풀 거야. 그건 내 원칙이기도 해.

먼저 내밀어야 할 것은

Time and money spent in helping men to do more for themselves is far better than mere giving.

헨리 포드 Henry Ford

> 누군가를 위해 시간과 돈을 쓰는 것은
> 단순히 시간과 돈을 주는 것보다 훨씬 낫다.

어떤 문제를 해결하겠다고 돈을 내미는 것은 임시방편일 뿐이다. 농부에게는 지원금보다는 논밭을 일구는 데 필요한 장비를 마련해주어 결실을 맺게 하는 것이 진정한 변화의 시작이다. 이 경우 시간과 노력이 더 들기는 하지만 훨씬 더 큰 보람을 가져다준다. 길에 버려진 쓰레기를 줍거나, 자원봉사를 하거나, 이런 작지만 마음이 담긴 노력이 귀중한 수확을 거두어들이기도 한다.

굳이 돈이 아니더라도 어려운 이들을 도와주고 세상을 밝게 할 방법은 많아. 더구나 나는 충분히 할 수 있어.

일상의 거룩함

In oder to experience everyday spirituality, we need to remember that we are spiritual beings spending some time in a human body.

바버라 드 앤젤리스 Barbara De Angelis

일상의 영성을 경험하려면 우리 자신이
인간이라는 몸속에서 얼마간 시간을 보내는
영적인 존재라는 것을 명심해야 한다.

우리가 무엇을 하더라도 우리는 영적인 창조물들이다. 신앙과 양심의 행동은 '진정한 삶'의 나머지 부분에서 떨어져 나온 파편이 아니다. 인식의 수준을 조금만 더 높여 우리가 매일매일 하는 일상적인 일들을 살아있는 기도로 받아들여라. 눈을 조금만 뜨면 모든 순간이 영적인 진리로 가득 차 있음을 알게 된다.

평범한 삶 속에 얼마나 거룩한 순간들이 함께할까? 하루하루가 그것을 발견하고 깨닫는 시간이었으면 좋겠어.

신념이 두려움을 이긴다

Fear imprisons, faith liberates; fear paralyzes, faith empowers; fear disheartens, faith encourages; fear sickens, faith heals; fear makes useless, faith makes serviceable.

해리 에머슨 포스딕 Harry Emerson Fosdick

두려움은 우리를 가두고, 신념은 우리를 석방한다.
두려움은 마비시키고, 신념은 힘을 준다.
두려움은 용기를 빼앗고, 신념은 용기를 준다.
두려움은 병을 주고, 신념은 약을 준다.
두려움은 무용지물로 만들고,
신념은 쓸모 있는 것으로 만든다.

자신을 지키고자 보호막을 쌓을 때 오히려 그 때문에 고립되고 움직일 수조차 없게 된다. 신념이 마음속에 뿌리내리게 할 때 그것이 자라 두려움이라는 바위를 갉아 없애버린다. 그로써 우리는 움직일 수 있고, 창의성을 발휘하기 시작한다. 그때 비로소 가능성이 보이고, 치유가 이루어진다.

낯설고 내 능력이 부족해 그 일을 하기가 두렵기도 하지만, 하지 않으면 더 두려울 뿐이야.

확신을 갖고, 뛰어들어라

We should know what our convictions are, and stand for them. Upon one's own philosophy, conscious or unconscious, depends one's ultimate interpretation of facts. Therefore it is wise to be as clear as possible about one's subjective principles. As the man is, so will be his ultimate truth.

카를 융 Carl Jung

우리는 무엇을 확신하는지 알고 이를 지켜야 한다.
의식적이든 무의식적이든 자신의 철학은 자신의
궁극적인 해석에 달려 있다. 그러므로 자신의 주관적인 원칙을
최대한 객관적으로 인식하는 것이 현명하다.
인간이 그렇게 될 때 궁극적인 진실도 그렇게 된다.

매일 숱한 판단을 내리며 살지만 그 근거가 무엇인지, 그 근거가 사실인지에 대해서는 깊이 생각해보지 않는 경우가 많다. 원칙을 검증하고 믿는 것을 솔직하게 평가하려면 많은 노력이 필요하지만 그렇게 할 때 만족감이 높아진다. 내 인생이 어떻게든 굴러가겠지 하는 자세에서 벗어날 때만이 자신을 수정하고 보다 성장할 수 있다.

내 생각과 그 생각의 근거가 정말 옳은지 살펴본 후, 확신을 갖고 뛰어들 거야.

희망은 내 곁에 있다

If we were logical, the future would be bleak indeed. But we are more than logical.
We are human beings, and we have faith, and we have hope.

자크 쿠스토 Jacques Cousteau

우리가 논리적일 때 미래는 사실 암담해 보인다.
그러나 우리는 논리적인 것 이상이다.
우리는 인간이며, 신념이 있으며, 희망이 있다.

사실과 데이터는 우리가 빠져나올 구멍이 없는 상황에 처해 있다는 사실을 알려준다. 그러나 인류의 역사는 그런 상황에 절망을 거부하고 놀라운 방법으로 그 상황을 헤쳐 나온 이들의 이야기로 메아리치고 있다. 이는 논리와 사실을 부정하라는 말이 아니다.

지금 필요한 것은 희망이다. 희망이란 마지막 하나의 돌파구가 있다는 확신, 사소한 행동 하나가 모든 것을 바꾸어 놓을 수 있다는 확신이다. 자신에게 허락할 수 있다면 내게는 무한한 자원이 있고, 나는 무한히 창조적인 존재다.

절망적인 상황도 있겠지. 하지만 희망을 안고 대할 거야.

마음이 시키는 일

Happiness hates the timid!

유진 오닐 Eugene O'Neill

행복은 수줍은 사람을 싫어한다.

♡　　　내가 통제할 수 없는 상황이 내 기분을 좌우할 수 있다. 그러나 기분에 대한 선택권은 대부분 내게 있다. 그 상황을 부정할지, 아니면 희망 찬 쪽으로 흐르게 할지는 결국 내 몫이다.

행복한 사람들은 그 어떤 순간에도 좋은 면을 찾으려는 습관이 몸에 배어 있다. 한 조각의 행복은 더 많은 행복을 만들어낸다. 이처럼 자신의 생각을 방향 잡아가려면 강인한 의지가 필요하다.

행복을 붙잡을 거야. 절망이나 비관적인 상황이 생기더라도 나를 행복하게 해주는 것이 한 가지라도 있다면 그것을 끈질기게 찾아내 그 생각만 할 거야.

내면으로부터의 격려

You can enjoy encouragement coming from outside, but you cannot need for it to come from outside.

블라디미르 츠보리킨 Vladimir Zworykin

외부에서 오는 격려도 좋지만,
그것이 반드시 외부에서 와야 할 필요는 없다.

코치나 직장 상사 혹은 사랑하는 누군가로부터 격려의 말을 들으면 기분이 좋다. 격려는 좋은 기분을 충전해주고 계속할 수 있도록 동기를 부여해준다.

그보다 좋은 것은 스스로 확신을 갖는 것이다. 목표를 정하고 거기에 도달하려면 내면의 강인함이 필요하다. 내 기분을 북돋아주던 것들이 침묵하고 있을지라도 내면에서 우러나는 격려에 의지할 수 있다.

최고의 격려는 스스로에게 하는 격려야. 도전을 앞두고 있는 내게 격려를 아끼지 말자.

절망보다는 희망을

We either make ourselves miserable, or we make ourselves strong.
The amount of work is the same.

카를로스 카스타네다 Carlos Castaneda

우리는 자신을 비참하게 만들 수도 있고
강인하게 만들 수도 있다.
둘 다 드는 힘은 똑같다.

얼굴의 근육을 풀고 즐거운 마음으로 미소 짓는 것보다 이맛살을 찌푸리는 일이 더 근육을 많이 쓴다. 우리는 매일 생각과 감정에 에너지를 소비한다. 이 에너지를 긍정적인 것에 쓰도록 선택할 수 있다.

어떤 상황이라도 좋은 면에 초점을 맞추는 사람은 보다 감사하는 마음을 갖게 되고, 자신의 장점을 최대한 활용할 줄 알게 된다. 이들은 자신이 가진 것이 무엇인지를 알고 신속하게 이것을 사용할 수 있다. 성격 또한 다져진다. 패배와 절망에 자신을 노출시키지 않기 때문이다.

긍정적인 것에 집중함으로써 나를 강인하게 만들자.
단점에 시달리기보다는 장점들을 즐기자.

사소하지만 거룩한 베풂

We are here to change the world with small acts of thoughtfulness done daily
rather than with one great breakthrough.

라비, 해롤드 쿠시너 Harold Kushner

> 우리가 이 세상에서 할 일은
> 단 하나의 위대한 돌파구가 아니라,
> 매일 행하는 사소하지만 사려 깊은
> 행동 하나하나로 세상을 바꾸는 것이다.

선행, 동료에게 전해주는 커피 한잔, 사랑하는 이를 안아주거나 격려해주는 일, 불우한 이웃에 작은 선물을 보내는 것, 이런 작은 행동 하나하나가 받는 사람에게는 세상 전부와 같을 수 있다. 아울러 이는 그들이 가슴을 활짝 펴 기지개를 켜게 한 뒤, 그들 스스로가 마음에서 우러나오는 자비롭고 의미 있는 행동을 실천하도록 해준다.

내 사소한 행동이 세상을 구하지는 못하겠지만, 지금 이 순간 그 사람에게는 진정한 변화를 가져다줄 수 있어. 그게 중요한 거야.

판단은 내 몫

Though reading and conversation may furnish us with many ideas of men and things, our own meditation must form our judgment.

아이작 와츠 Isaac Watts

> 독서와 대화로 인간과 세상에 대한
> 많은 아이디어를 얻을 수 있지만,
> 판단은 자신의 명상을 통해 이루어져야 한다.

모두가 존중하는 사람의 의견을 듣거나 읽을 때 다른 생각의 여지 없이 그 사람이 하는 말에 전적으로 동의하고 싶어진다. 약간 빗나간 것 같다고 느껴지는 이야기를 들을 때는 그에 의문을 가져야 하나 말아야 하나 고민하게 된다. 우리는 이런 곤란한 상황도 고려할 줄 알아야 한다. 이 부조화는 어디서 비롯된 것인가? 어떻게 접근하는 것이 나을까?

믿고 따를 수 있는 지혜를 내가 아는 사람이 갖고 있다는 건 내게도 좋은 일이야. 그러나 잊지 말아야 할 건 판단은 내 몫이며, 그래도 여전히 그를 존중하는 마음이야.

몸과 마음의 관계

The body too has its rights; and it will have them:
they cannot be trampled on without peril.
The body ought to be the soul's best friend.

오거스터스 윌리엄 헤어 Augustus William Hare | 줄리어스 찰스 헤어 Julius Charles Hare

몸에도 권리가 있고 그것은 지켜주어야 한다.
권리를 짓밟으면 위험이 따른다.
몸은 마음의 가장 절친한 친구여야 한다.

늦게까지 근무하기, 끼니 건너뛰기, 운동 등한시하기……. 이런
선택은 차곡차곡 쌓인다. 스트레스가 많은 회사에서 오랫동안 근속하다가
심장병으로 수술을 받게 된 상사나 큰 프로젝트를 위해 밤샘하다 독감에
걸려 몸져누운 이들에게 물어보라.
내 몸과 보다 친해지고 건전한 라이프스타일과 정성으로 내 몸을 존대해
주고 존중해줄 때 삶이 얼마나 평안해지는지 생각해보라.

내 몸을 사랑하고 존중하자. 정신의 힘은 결국 몸에서 나오는 거니까.

신은 내 안에 있다

God loves each of us as if there were only one of us.

성 아우구스티누스 Saint Augustine

> 하느님은 우리가 이 세상에 하나밖에 없는 존재인 듯
> 우리 모두를 하나하나 사랑하신다.

무한한 사랑이 무엇인지를 가족에게서 보게 된다. 부모가 공정하고, 친절하며, 자녀의 개성을 있는 그대로 받아줄 때 자녀는 소외감을 느끼지 않고, 부모로부터 사랑을 받기 위해 다투지도 않는다.

신도 마찬가지다. 저마다 속한 집단은 다르겠지만, 신의 공정함과 영원한 사랑으로 우리는 각자 특별한 은총을 받고 있다고 느낀다. 우리는 모두 똑같은 신의 원칙에 따라 살고 있으며, 그 안에서 우리는 같은 뿌리에서 나온 형제자매임을 깨닫게 된다.

신은 내 안에 있으며, 내 기쁨을 함께 기뻐하고, 나를 있는 그대로 사랑한다는 걸 알아.

정도를 따르라

I believe half the unhappiness in life comes from people being afraid to go straight at things.

윌리엄 J. 록 William J. Lock

삶에서 겪는 불행의 절반은
모든 것에 정도正道를 따르는 것을
겁내는 사람들로부터 비롯된다.

자신과 타인에게 정직하지 못하면 불협화음이 생긴다. 문제를 직시하고 솔직하게 이야기를 나눌 때 그 과정이 비록 어색하고 두렵다 할지라도 우리는 해결을 위한 첫걸음을 디디게 된다. 그 일을 서로 터놓고 의논할 때 우리는 어느 부분을 바꿀 수 있는지 알게 된다. 더 이상 부정적인 생각에 빠질 필요도 없다. 이렇게 할 때 비로소 진정한 행복과 평온함을 찾을 수 있다.

솔직해지는 것은 두려운 일이긴 해. 하지만 나는 그렇게 할 용기가 있고, 그들과 마주하자. 행복의 문은 그 안에 있을 테니.

장애물은 길이다

The obstacle is the path.

선 사상

장애물은 길이다.

/　　지금까지 해본 적이 없는 것을 시도할 때 우리는 성장한다. 서투른 탓에 겪어본 적 없는 장애물에 걸려 넘어지기도 할 것이다. 하지만 이럴 때 더 공부하고 연구하게 되고, 더 새로운 여정에 발을 들여놓게 된다. 우리는 장애물들이 놓인 길을 따라간다. 과거의 장애물 위에 새로운 장애물이 쌓이면서 이 길은 장애물로 이어진다.

어디로 갈 것인가? 여기에 대한 힌트는 지금 이 순간에 겪고 있는 문제들 속에서 찾을 수 있다. 길은 있다. 해답을 찾아라.

장애물이 꼭 나쁜 것만은 아니야. 내가 걷는 길에서 장애물을 만나더라도 그것을 어디로 가야 하는지, 무엇을 배워야 하는지 알려주는 버팀목으로 삼을 거야.

행복은 어디에서 오는가

The U.S. Constitution doesn't guarantee happiness, only the pursuit of it. You have to catch up with it yourself.

벤저민 프랭클린 Benjamin Franklin

> 미국 헌법은 행복을 보장하는 것이 아니라
> 행복 추구를 보장한다.
> 이것을 따라잡는 것은 자신이 해야 할 일이다.

정부, 문화, 가족 혹은 사회는 우리에게 행복을 가져오거나 안겨주지 않는다. 행복은 우리에게 일어나는 어떤 사건이나 상황이 아니라 쫓아가 잡아야 하며, 잡고 난 뒤에는 마음속에 심어 가꾸어야만 하는 것이다. 이는 늘 계속해야 할 과정이며, 항상 추구해야만 한다. 이렇게 성숙해지고, 그런 과정에서 자신에 대한 이해가 깊어지며, 그때 행복을 받아들이는 자세도 진화한다.

다른 무엇인가가 내게 행복을 가져다주기 바라기보다는 내 스스로 행복을 찾아 나서자.

Love, and do what you like.

사랑하라, 그리고 좋아하는 일을 하라.

모든 것은 때가 있다

Have a time and a place for everything, and do everything in its time and place, and you will not only accomplish more, but have far more leisure than those who are always hurrying.

타이런 에드워즈 Tyron Edwards

> 무엇이든 때와 장소를 가리고 그에 맞추어 하면
> 더 많은 것을 성취할 뿐만 아니라
> 분주한 사람보다 더 많은 여유를 누릴 수 있다.

살다 보면 별로 중대하지도 않은 일들로 인해 허겁지겁 큰일이 나 난 듯 한바탕 소동을 벌이다 시간을 다 써버리는 경우가 늘 있게 마련이다. 여유, 휴식, 그리고 사랑하는 이들과 함께 보낼 시간을 갖는 비결은 시간을 '만드는' 것이다. 시간을 떼어내 그것을 사용하라. 그 시간에 자신을 새롭게 하고 사랑하는 사람과 함께하라.

시간에 쫓겨 살기보다는 그 시간을 사랑하는 이들과 함께하자.

일상의 중요성

Most of life is routine—dull and grubby, but routine is the mountain that keeps a man going. If you wait for inspiration you'll be standing on the corner after the parade is a mile down the street.

벤 니컬러스 Ben Nicholas

삶의 대부분은 권태롭고 자질구레한 일상의 반복으로
이루어져 있지만, 이 일상의 반복을 통해 우리는
쉼 없이 고지를 향해 나아간다.
뭔가 큰 계기가 찾아오기만 기다린다면
남들에게 뒤처져 한쪽 구석에만 머무를 것이다.

매일 되풀이되는 일상은 지루하다. 그래도 목표를 성취하려면 매일 되풀이되는 일상을 만들지 않으면 안 된다. 매일 아침마다 몸단장하고 잠들기 전에 일기를 쓰는 것은 그렇게 함으로써 남은 하루를 상쾌하게 보낼 수 있음을 알기 때문이다. 일 년이 소요되는 프로젝트라도 이를 매일 소화해낼 수 있는 분량으로 잘게 나눌 수 있다.

매일 되풀이하는 일과는 나쁜 게 아니야. 어떤 일과는 예전에 내게 큰 도움이 되었고, 일과를 계속 따르고 수정함으로써 내게 맞는 인생을 만들어 갈 거야.

우정은 예술이다

Friendship is an art, and very few persons are born with a natural gift for it.

캐슬린 노리스 Kathleen Norris

우정은 빚어 만들어내는 예술이다.
그 재능을 날 때부터 타고난 사람은 극히 드물다.

좋은 친구 기질을 타고난 사람이 있지만 대부분의 사람들에게는 이것이 후천적으로 배우는 기술이다. 예술적인 재능과 마찬가지로 어느 정도 재능을 타고났더라도 우선은 그 기본부터 배워야 한다. 수시로 안부 전화를 하고, 아플 때 위로 선물을 보내고, 저녁식사에 초대하는 것은 태어날 때부터 아는 것이 아니다. 포옹만으로 충분하다는 것을 이해하지 못할 때도 있다.

좋은 친구가 되는 법을 배우자. 친구에게서 기꺼이 배울 것을 찾고, 내가 필요한 것을 함께 나누며, 그들이 필요한 것도 무엇인지 물어보자.

좋은 시절은 바로 지금

Let others praise ancient times; I am glad I was born in these.

오비디우스 Ovid

다른 사람들은 옛 시절이 좋았다고 말하지만
나는 지금 이 시절에 태어난 것이 기쁘다.

"옛날이 좋았지"라는 말을 숱하게 들어왔다. 뒤를 돌아보며 그 당시 좋았던 것들을 생각한다. 하지만 지나간 때를 기억하는 것, 과거의 좋았던 일들을 떠올리는 것은 단지 잃어버린 것을 생각하는 일일 뿐이다.
좋은 시절을 지금도 경험할 수 있다. 비록 겉으로 표현하지는 않아도 같은 가치관을 가진 사람들이 있다. 과거를 그리워하는 것이 오늘이 가진 풍요로움과 아름다움을 그늘지게 해서는 안 된다.

지금 이 세상에 살아 있는 것에 감사해. 바로 이 시간, 이 장소에 있음으로써 축복으로 가득 찬 경험을 하고 있으니까.

지금 할 일을 미루지 마라

The time is always right to do what is right.

마틴 루서 킹 주니어 Martin Luther King, Jr.

아무 때라도 바로 그때가
해야 할 일을 하기에 가장 적절한 때다.

마땅히 해야 할 일을 미루는 것은 변명의 여지가 없다. 소신을 위해 일어서는 것은 때로 위험이 따르지만 이보다 더 위험한 것은 침묵한 채 아무것도 하지 않는 것이다. 아무것도 하지 않으면 행동할 권리를 빼앗기고 만다. 다른 사람에게 통제 권한을 넘겨주는 꼴이 된다.

마땅히 해야 할 일을 더 이상 지체하지 않고 해나가자.

중턱에서 만나는 것

To live only for some future goal is shallow.
It's the sides of the mountain that sustain life, not the top.

로버트 M. 피어식 Robert M. Pirsig

장래 목표만을 따르는 삶은 유치한 삶이다.
그것은 생명을 지탱하고 있는 산기슭이지
산의 정상이 아니다.

목표는 활력을 주고, 꿈은 소중한 것. 거기에 이르는 길이 바로 내가 살아가는 곳이다. 잠시 여유를 갖고 이 순간을 즐긴다고 해서 정상으로 가는 추진력에 해가 되는 것은 아니다. 에너지가 더 충전된다.

일상의 풍파를 겪으면서 나는 성장하고 굳건해진다. 미래만 기대하면 목표에는 도달하더라도 이를 제대로 기뻐하기 어렵다. 속도를 줄이고 오늘 이 순간을 즐기자고 스스로 다짐할 때 목표에 도달해 그 기쁨을 충분히 음미하고 감사할 줄 안다.

목표만이 내 유일한 추진력은 아니야. 눈을 똑바로 뜨고 내 앞에 놓인 길을 감사해야지.

지금은 잠잘 시간

It is a common experience that a problem difficult at night is resolved in the morning after the committee of sleep has worked on it.

존 스타인벡 John Steinbeck

밤새 잠이 무슨 재주를 부렸는지
밤에는 어렵게 여겨졌던 문제가
아침이면 해결되는 것을 우리는 종종 경험한다.

아침이면 정신이 그처럼 맑아지고 집중력이 강해지는 것은 밤새 무슨 일이 있어서일까? 생리학적으로 무슨 일이 벌어졌더라도 '자고 나서' 라는 것은 크나큰 자비다. 스스로를 해방시켜 휴식하게 하라. 그때 비로소 내일 아침, 그것을 해결할 수 있는 에너지와 맑은 정신을 갖게 된다. 그 문제들 가운데 어느 것이 진정으로 내 몫인지 구별하는 능력도 좋아진다.

오늘은 모든 걸 잊고 잠에 빠지자. 밤샘한다고 해서 문제가 더 빨리 해결되는 건 아니잖아.

배우고 실수할 기회

There are those who are so scrupulously afraid of doing wrong that they seldom venture to do anything.

보브나르그 Vauvenargues

실수할 것을 겁낸 나머지
아무 모험도 하지 못하는 이들이 있다.

완벽주의는 사람을 무기력하게 만들 수 있다. 일을 망칠 것을 두려워한 나머지 새로운 것을 시도할 수 없게 한다. 자신을 통제 가능한 익숙한 일상에 가두지 말고, 배우고 실수할 기회를 자신에게 베풀자. 새로운 것을 시도할 때 뒤죽박죽될 것을 각오해야 하지만 생각을 펼치는 가운데 많은 것을 얻을 수 있다.

실수하는 것은 괜찮아. 그리고 익숙하지 않은 것을 경험하는 과정에서 실수도 하겠지. 하지만 그 때문에 무엇인가 새로운 일을 할 기회를 놓치지 않을 거야.

우연에 대처하는 법

Free man is by necessity insecure; thinking man by necessity uncertain.

에리히 프롬 Erich Fromm

자유로운 인간은 필연적으로 불안정하고,
사고하는 인간은 필연적으로 불확실하다.

🌷 　　자신의 선택에 책임을 지지만 어쩔 도리가 없는 변수가 수없이 많다. 우연이라는 요인은 특히 불안하게 한다. 계획을 아무리 완벽하게 해도 어느 순간 바뀔 수 있다. 오래 생각할수록 우발적으로 일어날 수 있는 일에 더더욱 예민해진다.

이럴 때일수록 내가 선택한 역할에 자신이 책임을 지고 있음을 깨달아라. 그러면 겸허해지고 활력이 생긴다. 그럼으로써 뜻밖의 사태를 비켜 갈 수 있으며, 변덕스러운 삶의 파도를 내게 득이 되는 방향으로 사용하는 법을 배울 수 있다.

미래는 불안해 보이지만, 탐험하고 항해하는 것은 내가 해야 할 일이야. 불안하기에 모험도 재미있잖아.

싸우기보다 받아들여라

Resistance causes pain and lethargy.
It is when we practice acceptance that new possibilities appear.

화자 미상

저항은 고통과 피로를 초래한다.
그러나 받아들이는 태도는
새로운 가능성을 가져다준다.

저항에 부딪히면 그것과 싸워야겠다는 생각한다. 그러나 시간이 지나면 그런 행동이 헛되었음을 알게 되고, 똑같은 행동을 거듭하면서 자기 자신을 허물어뜨리고 있음을 깨닫는다. 받아들이는 자세로 돌아서면 항복한 것 같은 기분이다. 그러나 아니다. 현실을 인식하고 진솔해졌을 뿐이다. 앞에 놓여 있는 것을 온순하게 받아들일 줄 알게 되고, 마술처럼 그 문제를 위에서, 옆에서, 완전히 다른 방식으로 볼 수 있게 된다.

그 문제에 내가 싸우고 있는 건 아닌지 나를 돌아보고, 그것을 있는 그대로 인정하고 받아들이자.

마음껏 상상하라

A dreamer—you know—it's a mind that looks over the edges of things.

메리 오하라 Mary O'Hara

알다시피 몽상이란 어떤 것들의
모퉁이 너머를 바라보는 마음이다.

'만약에 이렇게 된다면?' 하고 상상한다. 이런 사람은 뚜렷하게
정해둔 방향 없이 이런저런 생각으로 머릿속에 낙서를 한다. 상상은 게으
른 것으로 여겨진다. 그러나 꿈을 꾸는 사람은 겉으로 보기에는 하찮아 보
이는 시간이라도 그동안 많은 것을 이룰 수 있다. 상상할수록 독창적인 생
각이 끓어오른다. 호기심과 창의성을 마음껏 뛰어놀게 할 때 일상에서는
꺼내지 못했던 독창적인 생각이 화수분처럼 떠오른다.

때로는 생각의 문을 활짝 열 시간이 필요해. 새로운 생각과 가능성을 마음껏 누리라고 허락
하는 건 기분 좋은 일이야.

내일은 새로운 하루

Snow endures but for a season, and joy comes with the morning.

마르쿠스 아우렐리우스 Marcus Aurelius

겨울눈은 한철이지만
즐거움은 아침과 함께 매일 찾아온다.

어떤 시련이라도 영원히 지속되는 것은 없음을 우리는 안다. 새로운 계절이 오고 신선한 변화가 있을 것이다. 한편 우리는 매일 새로운 하루가 시작될 때마다 새로이 작은 시작을 맞이한다는 사실에서 위안을 얻는다.

오늘 무슨 일이 일어났더라도 내일은 새로운 날이 올 거야. 그리고 어김없이 겨울이 지나고 봄이 온다는 걸 잊지 말자.

지금 이 순간

The present moment is significant, not as the bridge between past and future, but by reason of its contents, which can fill our emptiness and become ours, if we are capable of receiving them.

다그 함마르셸드 Dag Hammarskjöld

지금 순간이 가장 중요하다.
과거와 미래를 연결하는 다리이기 때문이 아니라
그 순간이 담고 있는 내용물 때문이다.
우리가 받아들일 능력을 갖고 있다면 이는
우리의 텅 빈 구석을 채워 우리의 것이 될 수 있다.

마음은 끊임없이 많은 생각으로 들끓고 있지만, 간혹 지금이라는 순간에 머문다. 그 순간은 너무나 순식간 지나가는 것처럼 보인다. 그러면서도 우리는 이 희귀한 '존재의 순간'이 언제인지 잘 알고 있다. 사랑하는 사람과 함께할 때, 자연을 즐길 때, 창조적인 활동이나 운동을 할 때가 바로 그렇다.

완전하게 그 순간에 몰입해 존재할 때 시간 자체를 잊어버린다. 이 순간이야말로 내가 필요로 한 전부였음을 나중에야 알게 된다.

바로 지금 이 순간을 마음껏 즐기고 사랑하는 이들을 마음껏 사랑하자.

욕망에 귀 기울이기

Never let go of that fiery sadness called desire.

패티 스미스 Patti Smith

욕망이라는 처절한 슬픔을
절대 놓치지 마라.

🍴 우리의 첫 번째 본능은 우리의 욕망을 처리하는 것, 즉 이것을 만족시키거나 혹은 만족시키는 것을 거부하겠다고 결정하는 것이다. 충족되지 않은 욕망은 안타까움을 남긴다. 욕망이 충족되면 또 다른 욕망으로 이어진다.

갈망하는 모든 것을 한 데 묶어 놓으면 마치 인생이라는 퍼즐 조각과도 같다. 충족되지 못한 욕망들을 살펴보면서 자신을 재창조할 실마리를 찾을 수 있다. 우리의 목적은 욕망을 충족시키는 것이기보다는 그곳에 도착하기까지의 과정을 소중하게 여기는 것이다.

너무나 많은 걸 바라기에 힘든 거야. 내가 진정 바라는 게 무엇인지 들여다보고 그 안에서 가야 할 길을 찾아보자.

바라기보다 뛰어들 때

Never grow a wishbone, daughter, where your backbone ought to be.

클레멘타인 패들포드 Clementine Paddleford

딸이여, 담력이 있어야 할 자리에
소망을 키우지 마라.

소망하는 데 시간을 허비하는 것은 버릇이 될 수 있다. 마음이 소망 속에서 헤맬수록 실천을 망각하기 쉽다. 희망이 현실로 바뀌는 것을 보려면 단 한 가지 방법밖에 없다. 작은 발걸음을 선택한 뒤 그 발걸음을 떼는 것이다.

이에 따르고, 다음에 발을 떼려면 끈기가 필요하다. 운동으로 몸이 다져지듯 의지와 담력은 꾸준한 실천으로 굳세진다.

내 담력은 굳세고, 꿈을 현실로 이룰 자신이 있어.

자신을 좋아하기

I've learned to take time for myself and to treat myself with
a great deal of love and respect cause I like me…
I think I'm kind of cool.

우피 골드버그 Whoopi Goldberg

나는 나 자신을 위해 시간을 내고
지극한 사랑과 존경심으로 자신을 대하게 되었는데,
이는 내가 나를 좋아하기 때문이다.
내가 생각해도 나는 참 쿨한 것 같다.

♡　　한 사람이 비관적인 태도로 자신의 재능을 마음껏 뽐내지 못한
일을 계속 곱씹었다. 그러자 지혜로운 사람이 이렇게 말했다. "그대 안의
친구에게 친절하게 대하세요. 그대가 그 친구를 좋아한다면, 그 친구도 그
대를 좋아할 테니."
주변에 내게 친절하라고 타일러주는 사람이 없을지라도 우리는 자신에게
친절한 말을 하고, 좋은 친구가 되며, 사랑과 존경심으로 자신을 대할 수
있다.

나는 나로부터 존경받고 보살핌 받고 기쁨을 주고받을 가치가 있어. 나는 내가 재미있고 흥
미로운 사람이라고 생각해.

정말 돌봐야 할 것

What fools indeed we mortals are
To lavish care upon a Car,
With ne'er a bit of time to see
About our own machinery!

존 켄드릭 뱅스 John Kendrick Bangs

어리석은 이들은
자동차에는 정성을 쏟으면서
정작 자신의 기계 장치에는
시간을 내지 않는다.

삶은 간혹 균형을 잃을 때가 있다. 어떤 사람들은 자신보다 소유하고 있는 물건을 돌보는 데 더 많은 시간을 보낸다. 우리 자신도 그렇게한 적이 있다. 아끼는 것을 자랑스럽게 여기는 것은 나쁜 일은 아니지만, 그보다는 자신의 몸과 마음에 사랑의 손길을 내미는 것이 더 중요하다.

나는 시간을 어떻게 쓰고 있을까? 혹시 쓸모없는 일에 소중한 시간을 허비하고 있는 건 아닐까?

비판에 대처하는 법

Criticism may not be agreeable, but it is necessary. It fulfils the same function as pain in the human body. It calls attention to an unhealthy state of things.

윈스턴 처칠 Winston Churchill

수긍 가지 않는 비판일 수도 있지만, 비판은 필요하다.
이것은 몸에 오는 통증과 같은 역할을 한다.
그것은 건강하지 못한 부분에 정신을 집중하게 한다.

✉ 비판은 불편하게 느껴진다. 그것을 그럭저럭 받아주고, 그 비판의 소리가 근거 있는지 구별하려면 노력이 필요하다. 혹은 비판이 엉뚱하다 보니 비판하는 사람에게 문제가 있는 경우도 있다.
자신이 변하든, 그것을 무시하든, 혹은 다른 사람에게 그만두라고 요청하든 비판에 어떻게 반응할지는 힘든 결정이다. 어떤 경우라도 비판당하면 그 문제에 관심을 갖게 되고, 내가 처한 상황과 인간관계도 보다 신경 쓰게 된다.

비판을 듣는 것은 기분 좋은 일이 아니야. 하지만 비판에서 배우지 못하면 나만 힘들어질 뿐이야.

행동해야 바뀐다

Between saying and doing many pairs of shoes are worn out.

이탈리아 격언

말하기와 행동하기 사이에
수없이 많은 신발이 닳아 해진다.

매일 장차 무엇을 희망하는지 혹은 상황이 어떻게 나아지길 바라는지 생각하거나 스스로에게 묻고 답한다. 그러는 사이에 여전히 그 자리에만 머물러 있을 수 있다. 변화에는 큰 다짐이 필요하지만, 행동할 때만 만족스러운 법이다.

생각이 깊어야겠지만, 지금은 행동할 때야.

사랑이 필요한 이유

The hunger for love is much more difficult to remove than the hunger for bread.

테레사 수녀 Mother Teresa

사랑에 대한 굶주림은 빵에 대한 굶주림보다
훨씬 더 없애기가 어렵다.

음식이 필요한 것만큼이나 사랑도 필요하다. 인간은 육신과 정신적인 결핍을 모두 충족할 때만 성장할 수 있다. 먹고 사는 데만 매달리면 남을 위해 자신을 내주는 일이 힘들어진다. '자원봉사 단체를 도와주자', '고마운 친구에게 작은 선물이라도 해주자.' 다행히 마음 깊은 곳을 들여다보면 의미 있는 사랑의 행동을 주고받기 전에는 진정한 만족을 얻을 수 없음을 알게 된다.

나는 사랑하고 사랑받을 시간이 넉넉해. 기본적인 필요를 챙기는 것만큼이나 베푸는 것도 중요해.

리더가 되고 싶다면

To lead people, walk behind them.

노자

사람들을 이끌려면 사람들 뒤에서 걸어라.

자기가 이끄는 무리를 제대로 파악하지 못하는 이들이 있다. 조직을 이끄는 구성원이거나 가장이든, 리더가 되었을 때 누구나 불협화음을 경험했을 것이다.

리더로 나설 때 지름길은 그들을 뒤에서 이끄는 것이다. 그들의 뒤를 따르며 그들을 지켜보고 그들이 하는 말을 들으면서 그들의 장점, 능력, 필요, 의견 등을 배우게 된다. 그런 뒤에야 비로소 구성원들이 저마다 제 몫을 잘할 수 있도록 배려하는 결정을 내릴 수 있다.

중요한 일을 맡았을 때, 내가 이끌어야 할 이들의 역할, 그리고 그들이 일을 잘 해내려면 무엇이 필요한지 먼저 살펴봐야지.

지나친 기대는 금물

Expect nothing. Live frugally on surprise.

앨리스 워커 Alice Walker

아무것도 기대하지 마라.
뜻밖의 놀라움을 검소하게 먹고 살아라.

우리는 목표를 정하고, 계획을 짜고, 많은 희망과 꿈을 품는다. 그러나 삶은 그처럼 예측할 수가 없다. 변화는 불가피하다. 이런 뜻밖의 일이 나를 삐걱거리게 하거나, 스트레스를 쌓이게 할 수 있고, 혹은 위대한 모험의 일부가 될 수도 있다.

계획에 보다 덜 집착해보라. 그러면 흥미를 끄는 대안이 나타날 때 그것을 무시하는 실수는 줄어든다. 길이 막혔을 경우라도 덜 당혹스럽다.

계획을 세우지만 그걸 지나치게 기대하지는 말자. 오히려 우연히 만나는 기대하지 않았던 일들에 감사하며, 그것들에서 배우고 깨닫자.

사랑하고, 사랑하라

Love, and do what you like.

성 아우구스티누스 Saint Augustine

사랑하라,
그리고 좋아하는 일을 하라.

♡   세상에는 수많은 종교가 있지만, 대부분의 종교가 공통적으로 가르치는 것은 '황금률'이다. 사랑 안에서 선택하고 행동하고 살 때 잘못될 일이 없다. 다른 사람과 나 자신을 사랑하는 태도를 포용하면 그 누구에게도 해를 끼치는 행동을 하지 않는다. 더 나아가 소속감을 높여주고, 주변에 있는 모든 사람들에게 도움과 격려를 줄 수 있다.

내 삶에 가장 중요한 부분은 사랑할 수 있는 능력이야. 사랑에 집중하고 그 중심에서부터 모든 게 흘러나오게 하자.

조각가의 칼끝처럼

The sculptor produces the beautiful statue by chipping away such parts of the marble block as are not needed—it is a process of elimination.

앨버트 허버드 Elbert Hubbard

조각가는 대리석의 필요 없는 부분들을
하나씩 쪼개 아름다운 조각품을 완성한다.
이것이 제거해가는 과정이다.

조각가들은 흔히 원래 재료로부터 자신의 작품을 해방시켜 끌어
내다고 말한다. 삶도 그와 같다. 원재료에서 내가 되고자 하는 참모습을 보
아야 한다.

돌을 다듬는 것은 힘든 일이다. 내게 맞지 않았던 과거의 결심들을 가지치
기해야 하고, 두툼하지만 낡은 옷을 벗어야 하고, 낯익은 곳에서 멀어져야
한다. 그렇게 하나하나 쪼개는 가운데 새로운 내가 만들어지기 시작한다.

힘들겠지만 어제의 낡은 습관을 버려야 내일, 뜻한 일을 이룰 수 있어.

지금 하고 있는 일

The most important thing in our lives is what we are doing now.

화자 미상

우리의 삶에서 가장 중요한 것은
지금 우리가 하고 있는 일이다.

'지금 하고 있는 일이 좀 지루하면 어때? 그게 그렇게 중요한 건가?' 그렇다. 현재의 순간은 그 어떤 것이라도 가장 중요하다. 바로 지금 순간이야말로 자신이 지휘할 수 있는 유일한 순간이다. 이를 깨달을 때, 하는 일에 새로운 생명의 숨결을 불어넣을 수 있다.

몇 분 후에 무슨 일이 일어날지 모르며, 이미 지나간 것은 결코 바꿀 수 없다. 침대 속에 포근히 들어가 있든, 커피숍에 앉아 있든, 양치질을 하고 있든, 혹은 편안한 집을 그리워하고 있든, 바로 이 순간, 지금 내가 하고 있는 일이 가장 중요하다.

나는 지금 이 순간을 살며 존재하고 있어. 그리고 지금 내가 하는 것, 내가 말하는 것이 바로 나야.

도전하는 즐거움

The proper function of man is to live, not to exist. I shall not waste my days in trying to prolong them.

잭 런던 Jack London

인간의 적절한 기능은
존재하는 것이 아니라 사는 것이다.
주어진 날들을 연장하려 애쓰는 데
시간을 허비하지 않겠다.

위험해 보이는 일을 피하기만 하면 지나치게 조심스러운 사람이 될 수 있다. 삶 속에 완전히 뛰어들어 어느 정도 리스크도 감수하며 살아 있음을 경험하는 것은 신선한 자극이다. 나는 내 자신을 보존하려고 있는 것이 아니라 살기 위해 있는 것이다. 지나치게 조심하다 보면 오히려 나중에 허전함과 후회만 밀려올 뿐이다.

리스크를 마다하지 말자. 무엇을 하더라도 그것을 내게 활력을 불어넣는 도전으로 삼자. 그리고 그것을 뜨겁게 끌어안자.

듣는 귀를 열어 두어라

Listen long enough and the person will generally come up with an adequate solution.

메리 케이 애시 Mary Kay Ash

충분히 오래 귀담아들으면 대개
적절한 해결책을 생각해내게 된다.

우리는 조언을 서두르는 경향이 있다. 부탁하지도 않은 조언은 달갑지 않거나 불쾌하게 여겨질 수 있다. 반대로, 누군가가 내 말을 주의 깊게 경청했던 경험을 떠올려보라. 그러는 동안 갑자기 해결책이 저절로 떠오른 일이 있지 않은가. 이는 문제를 터놓고 이야기함으로써 해결책이 보다 분명하게 보였기 때문이다. 만약 내가 듣는 사람이 되었다면 자제력을 발휘해 상대방이 스스로 해결책을 찾도록 도와주어야 한다.

친구나 가족이 자신의 문제를 이야기할 때 조언해주려고 애쓸 필요는 없어. 귀담아듣고 있다가 그들이 해야 할 일을 깨닫는 순간 함께 축하해주면 그것으로 충분해.

예감을 신뢰하라

Trust your hunches… hunches are usually based on facts filed away just below
the conscious level. Warning! Do not confuse your hunches with wishful thinking.
This is the road to disaster.

조이스 브라더스 박사 Dr. Joyce Brothers

예감을 신뢰하라.
예감은 대부분 의식 단계 바로 아래
챙겨 놓은 사실에 근거한다.
다만 예감과 소망을 혼동하지 마라.
이는 재앙으로 가는 지름길이다.

본능과 소망을 혼동하지 않도록 유의해야 한다. 본능은 실제적인
다급성과 지혜의 씨앗을 갖고 있으나, 소망은 변덕스러운 충동과 진리를
부정하는 쪽으로 향한다. 이 둘 사이의 차이점을 알고 본능을 다듬는 것은
꾸준한 연습으로만 가능하다.

예감에만 따르는 것은 안 좋지만, 나는 내 예감에 숨어 있는 깊은 지성을 믿어.

걱정에 매달리지 마라

Who of you by worrying can add a single hour to his life?
Since you cannot do this very little thing, why do you worry about the rest?

예수

걱정한다고 해서 삶에 단 한 시간이라도
보태줄 수 있는 자가 너희 중에 누구냐?
이처럼 사소한 것도 하지 못하는데
그 나머지 것을 걱정할 필요가 무엇이냐?

몇 시간 동안 문젯거리를 곱씹어도 해결책을 찾지 못하는 경우가 있다. 마음은 뜻밖에 벌어질지 모를 긴급 사태로 압도당해 있다. 내가 이렇게 해보면, 이런 일이 일어나면……, 그 뒤에는 어떻게 될까? 하지만 곱씹고 있는 문제는 걱정한다고 해서 해결되는 경우는 거의 없다.
지금 그 해결책을 꼭 찾아야만 하는가? 지금까지 보지 못했던 해답이 내일 나를 찾아올 수도 있다.

근심 걱정을 떨쳐버리고 휴식을 취하자. 호흡에 정신을 집중하고, 내일은 내일만의 해결법을 갖고 찾아오리라는 걸 기억하자.

잊어버린다는 것

Not the power to remember, but its very opposite, the power to forget, is a necessary condition for our existence.

숄럼 아시 Sholem Asch

인간의 필요조건은 기억 능력이 아니라
그 반대인, 망각할 수 있는 능력이다.

내게 일어났던 모든 자극을 전부 다 기억한다면 정신 건강에 오히려 해가 될 것이다. 친구나 사랑하는 사람의 마음에 안 드는 점을 전부 다 기억한다면 그 어떤 관계도 며칠을 넘기기가 힘들다. 경험의 매 순간순간을 모두 기억한다면 복잡한 길을 걸어가는 것조차도 버거울 것이다. 기억력은 놀라울 정도지만, 선택적으로 망각할 수 있는 능력도 이에 못지않게 놀라운 능력이다. 잊어야 할 것을 잊어야만 폭넓은 경험과 관계도 가능해진다.

열쇠를 잃어버렸을 때 예전처럼 나를 탓하거나 내게 화내지는 않을 거야. 기억력이 나쁜 게 종종 짜증스럽기는 하지만, 그 또한 신이 내게 준 선물이라고 생각해.

분노가 나를 지치게 할 때

Anger as soon as fed is dead. 'tis starving makes it fat.

에밀리 디킨슨 Emily Dickinson

먹잇감이 죽으면 분노,
그것을 살찌우는 것은 허기.

분노는 두려운 것일 수 있다. 그러나 우리가 분노를 내면에 삭일 수 있을 때 그 힘은 커진다. 적절하게 분출할 수 있다면 분노는 저절로 사라진다. 산책을 하거나, 음악에 맞춰 춤을 추거나, 소리 내어 노래해보라. 때로는 친구와 그 문제를 터놓고 이야기해보라. 분노를 인정하고 밖으로 표현하고 분출했을 때 분노는 연기처럼 스러져버린다. 그런 후에 알게 된다. 그 일은 걱정할 일이 아니었음을.

화나는 일에 매달리지 않을 거야. 화가 나더라도 오래 간직하지 않을 테고, 그 상황을 어떻게 해결할지를 먼저 살펴볼 테야.

생각의 문을 활짝 열 때야.
새로운 가능성을
내게 마음껏 허락할 때야.

Small deeds done are better than great deeds planned.

작은 실천은 원대한 계획보다 더 낫다.

동굴 밖으로 나오기

Those who cannot give friendship will rarely receive it, and never hold it.

다고버트 D. 룬즈 Dagobert D. Runes

> 우정을 주지 못하는 사람은 우정을 받는 일이 드물고
> 우정을 지키는 일은 결코 없다.

친구를 사귀려면 먼저 친구가 되어야 한다. 우정이 흔하지 않은 시대에, 동굴 속에 틀어박혀 그가 먼저 손을 내밀어주기를 바랄 수도 있다. 그러면 내가 필요로 하는 것은 어쩔 셈인가? 어떻게 우정을 줄 수 있을 것인가? 손을 내미는 것이 어색할지라도 먼저 행동으로 보여주면 그는 곧바로 긍정적으로 반응해준다. 그 결과 새로운 우정이 빚어지는 것을 보게 된다.

손을 먼저 내미는 건 힘이 들지만, 그만큼 값진 결과로 보상받게 된다는 걸 나는 잘 알고 있어.

아이들을 소중하게

Most convicted felons are just people who were not taken to museums or
Broadway musicals as children.

리비 겔먼 왁스너 Libby Gelman-Waxner

대부분의 흉악한 범죄자는 어린 시절,
미술관이나 브로드웨이 뮤지컬에 가본 적이 없다.

어린이들은 기본적으로 필요한 것들이 충족되어야 하지만, 받은
것이라곤 그 기본적인 필요밖에는 없을 경우에는 오히려 해가 된다. 부모
없이 크거나 혹은 부모가 정서적으로 결손 상태이든지 간에 어린 시절에
사랑을 배우지 못한 아이들은 후에 어려운 시절을 보내게 될 가능성이 높
다. 물론 이런 아이들이 자라 모두 범죄자가 되는 것은 아니지만 정서적으
로 어려운 시기를 겪게 된다.

아이들은 정말 귀중한 존재야. 그 아이들에게 사랑과 배려하는 마음을 가르치는 건 다가올
사회에 영향을 주는 일이기도 해.

친절의 힘

Kindness affects more than severity.

이솝 Aesop

친절은 엄격함보다 더 영향력이 크다.

행동이 조신하지 못한 사람이나 결함이 있는 생각을 가진 사람에게 조언할 때, 그처럼 행동했던 과거의 나를 떠올려보라. 그들에게 비난 섞인 말투나 냉정한 목소리는 아무 도움이 되지 않는다. 진정한 친절과 위하는 마음으로 말할 때 그는 내 의견과 나를 올바르게 판단할 가능성이 더 높아진다.

다른 사람과 문제가 있을 때, 비난보다는 먼저 친절을 내밀자.

누군가 손을 내밀 때

Everyone needs help from everyone.

베르톨트 브레히트 Bertolt Brecht

모든 사람은 모든 사람에게서 도움이 필요하다.

도움을 필요로 한다고 해서 불쌍한 사람은 아니다. 그것은 우리가 인간임을 뜻한다. 우리는 정중하게 도움을 청하고 도움을 받을 수 있다. 그로써 도움을 줄 때 어떻게 해야 할지도 배운다. 다른 사람이 도움을 청할 때 그의 입장을 보다 잘 이해할 수 있게 된다. 도움은 누구나 겪으며 누구나 베푸는 것임을 알려주고 깨달아야 한다. 그것이 인간관계, 공감, 그리고 격려를 이어준다. 혼자가 아님을 아는 것, 이것이야말로 가장 큰 도움이 된다.

나는 홀로 있는 섬처럼 살지 않을 거야. 때로 도움을 받아야 하고 어떤 때는 내 도움이 필요해. 도움을 주고받는다는 건 서로에게 고마운 일이야.

그들이 내 변화를 꺼릴 때

That's the risk you take if you change: that people you've been involved with won't like the new you. But other people who do will come along.

리사 앨서 Lisa Alther

당신이 변할 때 예상해야 할 리스크가 있다.
새롭게 변신한 당신을 좋아하지 않는 사람이
있을 수 있다는 점이 그것이다.
그러나 그 외의 사람들은 잘 따라 적응할 것이다.

변화는 그 자체만으로도 두렵다. 다른 사람이 보일 반응까지 더하면 더더욱 두렵다. 그렇다고 망설여서는 안 된다. 새로워진 내 모습을 지지하고 관심을 가져줄 새로운 사람을 만나게 될 것임을 확신해도 된다. 지금 알고 있는 사람들 중 몇몇은 내가 선택한 변화를 환영하지 않을 수도 있다. 그럼에도 나는 내 자신을 성장시키고 변화시켜야 한다.

어떻게든 나는 나를 변화시켜야 하고, 그러면서 새로운 친구도 사귈 수 있어.

내가 힘들더라도

We have no more right to put our discordant states of mind into the lives of those around us and rob them of their sunshine and brightness than we have to enter their houses and steal their silverware.

줄리아 시튼 Julia Seton

누군가의 집에 침입해 수저를 몽땅 훔쳐 갈 권리가 없듯,
비뚤어진 심보로 주변 사람에게 피해를 주고
그들의 태양과 밝음을 빼앗아 갈 권리도 우리에게는 없다.

간혹 운 없는 날이 생기는데 이럴 때 얼마나 심통을 부리는가? 집에서나 혹은 친구와 있을 때, 그들에게 그 분풀이를 하지 않는가? 그 때문에 그들도 그 하루가 힘들어진다. 내가 기분이 좋지 않고, 슬프다는 것을 그들이 알게 하는 것은 괜찮다. 그렇다고 그들의 하루도 망쳐버리는 것은 옳지 않다.

우리는 처한 상황에 웃을 수 있고, 자신에게도 웃을 수 있다. 그럴 때 비로소 운이 없는 날도 나와 그들에게 좋은 날로 바뀔 수 있다.

때로 힘든 날을 겪게 돼. 그렇다고 다른 사람의 기분까지 망치게 해서는 안 돼.

용서는 선택이다

Forgiveness is an act of the will,
and the will can function regardless of the temperature of the heart.

코리 텐 붐 Corrie ten Boom

용서는 의지가 하는 행동이며,
의지는 마음의 온도에 상관없이 제 기능을 할 수 있다.

우리는 때로 용서할 마음 자세가 되었을 때 용서하겠다는 생각으로 마냥 기다리기만 한다. 그러나 용서는 선택이다. 원칙에 따라 할 수 있는 그 무엇이다. 이 선택으로 인해 감정에 영향을 받기는 하지만, 용서는 느낌이 아니다. 용서하며 삶으로써 감정이 순해지고 이에 따르기 시작한다.

용서하자고 마음만 먹지 말고, 행동으로 옮기자. 처음에는 힘들겠지만 용서는 나를 위한 일이기도 하니까.

내가 만드는 가족, 친구

Friends are the family we choose for ourselves.

에드나 뷰캐넌 Edna Buchanan

친구는 자신을 위해 선택한 가족이다.

모르고 지냈던 사람이라도 어느 순간 내 누이, 형제, 어머니 혹은 아버지와 같은 존재가 된다. 그리고 나도 그들의 가족이나 진정한 친구가 된다. 이런 관계 속에서 나는 성장하며, 격려해주고 돌봐주는 것의 진정한 의미를 더 깊이 배우게 된다. 모두가 내 가족이며, 모두가 내 친구가 될 수 있다. 다만 그들을 가족이나 친구로 만들려면 먼저 내가 그들에게 손을 내밀어야만 한다.

내게는 가족과 다름없는 친구가 있고, 그런 친구가 얼마나 감사한지 몰라. 그와의 관계를 가꾸어 키우고, 그로써 더 많은 사랑을 주고받을 수 있도록 할 거야.

일상 속에 숨은 보물

Happiness is produced not so much by great pieces of good fortune that seldom happen, as by little advantages that occur every day.

벤저민 프랭클린 Benjamin Franklin

행복은 거의 실현성이 없는 큰 재산으로 만들어지기보다 매일매일 일어나는 사소한 혜택들로 만들어진다.

가장 오래가고 만족스러운 변화는 조금씩 성취되어 간다. 복권에 당첨되는 것보다 매달 조금씩 저축하는 법을 배우는 것이 그렇다. 어떤 프로젝트의 마지막 단계에 도달하는 것보다는 그 과정에서 갖는 태도나 전략 같은 것, 인간관계에서 갑작스럽게 생긴 돌파구보다는 매일 가꾸는 친절한 태도도 그렇다.

행복은 평범한 생활의 중심에 자리 잡고 있다. 이는 원대한 이상을 경험할 때만 간혹 얻어지는 고귀한 개념이 아니다. 이는 일상 속에 숨어 있는 작은 보물이다.

오늘이 가져다준 선물, 경험, 과정을 돌이켜볼 때, 나는 정말 행복해.

이상적인 때는 언제인가

The ideal never comes. Today is the ideal for him
who makes it so.

호라티오 W. 드레서 Horatio W. Dresser

이상적이라는 것은 결코 오지 않는다.
오늘은 오늘을 이상적인 것으로
만드는 사람에게 이상적이다.

이상적인 '그 후 오랫동안 행복하게'는 어떤 순간일까? 아마 '이러저러하게 하면 모든 것이 훨씬 좋아질 것이다'라는 조건에서 시작될 것이다. 집을 사거나, 승진하거나, 사랑하는 사람이 행복한 곳에 도달했을 때일 수도 있다. 그러나 그 목표에 이르렀을 때 새로운 도전과 한계가 주어진다는 사실은 좀처럼 깨닫지 못한다. 목표를 갖는 것은 중요하지만, 오늘 주어진 모든 것에 감사하고 알차게 경험할 때 마음에 평화가 깃든다.

하던 일을 멈추고 돌아보니, 오늘 나를 위해 일어난 일들이 꽤 많은걸. 내가 품은 소망과 꿈은 나를 행복하게 하지만 그 때문에 지금이 바로 이상적인 순간임을 깨닫지 못하는 일은 없도록 할 거야.

간결하지만 분명하게

The niftiest turn of phrase, the most elegant flight of rhetorical fancy,
isn't worth beans next to a clear thought clearly expressed.

제프 그린필드 Jeff Greenfield

아무리 재치 있는 문구나 미사여구도
분명하게 표현한 의사에 비하면
콩 한 쪽만큼의 값어치도 없다.

우리는 말을 하거나 글을 쓸 때 지나치게 복잡한 말과 문장 구조를 이용하려 한다. 그것이 세련되어 보이기는 한다. 그러나 듣는 사람이나 읽는 사람에게 제대로 뜻이 전달되지 않는다면 그래도 세련될까? 내 생각을 다른 사람의 생각 속으로 전달하는 것이 의사소통의 진정한 의미다. 근사한 단어와 용어가 이 목표를 방해한다면 그것은 무용지물일 뿐이다.

다른 사람과 내 생각을 나눌 때 분명하게 말하고 쓰자. 내 생각을 표현하는 데 복잡한 문장을 사용할 필요는 없어.

짜증이 날 때는

If it's working, keep doing it.
If it's not working, stop doing it.
If you don't know what to do, don't do anything.

멜빈 코너 박사 Dr. Melvin Konner

효과가 있는 것이라면 계속 하라.
효과가 없는 것이라면 그만두어라.
전혀 모르겠다면 아무것도 하지 마라.

너무 쉬운 말로 들리지만 이는 훌륭한 철학이다. 어떤 일로 짜증이 날 때 이 평정심은 도움이 된다. 종이 중간에 선을 그어보라. 한쪽 면에는 '효과가 있는 것'이라고 쓰고 다른 쪽에는 '효과가 없는 것'이라고 써보라. 그 리스트를 작성해가는 동안 생각을 글로 쓰는 것만으로도 얼마나 많은 것이 분명해지는지 놀라게 될 것이다.

짜증이 날 때는 심호흡을 하자. 그리고 그 문제를 차분하게 생각하자.

먼저 스스로 하라

Ask God's blessing on your work, but don't ask him
to do it for you.

데임 플로라 롭슨 Dame Flora Robson

자신이 하는 일에 신의 은총을 구하라.
그러나 신께 그것을 대신 해달라고 요구하지는 마라.

성공에 필요한 불꽃을 신의 섭리에서 구하려 하지만, 성공하고
싶다면 스스로 노력해야 한다. 영감이 떠오르거나 행복이 찾아오기를 기
다리는 것과 마찬가지로, 어떤 일이 성공적으로 이루어지기 바란다면 스
스로 노력해 실천해야 한다. 어떤 일도 마술처럼 저절로 완성되는 경우는
없다. 내게 주어진 공정한 몫의 작업량에 스스로 책임져야 한다.

내가 맡은 일을 완수하는 데 필요한 이끎과 강인함을 기도로 구할 수는 있어. 하지만 그것에
필요한 건 내 노력이라는 것도 알고 있어.

작은 것부터 실천하라

Small deeds done are better than great deeds planned.

피터 마셜 Peter Marshall

작은 실천은 원대한 계획보다 더 낫다.

거대한 것을 계획한 나머지 도저히 실천할 방법이 없어 스스로 자신의 일을 방해하는 꼴이 되기도 한다. 계획은 훌륭하지만 그것을 완수해 낼 시간은 절대로 없다. 그렇다면 그 계획을 잘게 나누어보라. 대부분의 위대한 행동은 보다 작은 규모에서 시작된다. 해낼 수 있는 작은 행동을 취할 때 다른 사람들이 믿고, 그에 따라 할 수 있다는 자신감도 높아진다.

큰 계획을 짜는 것도 중요하지만, 내가 할 수 있는 규모로 조절해 그것부터 제대로 해내는 게 중요해.

몸은 알고 있다

Emotion always has its roots in the unconscious and manifests itself in the body.

아이린 클레러몬트 드 카스틸레조 Irene Claremont de Castillejo

감정은 늘 무의식에 뿌리를 두고
몸에서 그 자신을 드러낸다.

사람들 대부분은 미묘한 감정과 몸의 건강이 분명하게 연결되는 순간을 경험한다. 만족감에 젖으면 늘 아프던 것도 느끼지 못하고, 추위 속에 서 있어도 감기조차 걸리지 않는다. 반대로 스트레스가 쌓이면 몸이 저리기도 한다. 마음과 몸의 관계를 직접 경험할 때 '이것이 내게 그렇게 큰 영향을 미칠지는 몰랐어'라고 깨닫는다.

마음을 몸처럼 아끼고, 몸을 마음처럼 다스리는 내일을 살아야지.

거룩한 믿음으로 나설 때

Faith... acts promptly and boldly on the occasion,
on slender evidence.

존 헨리 카디널 뉴먼 John Henry Cardinal Newman

신앙······.
조그만 증거라도 보이면 때를 놓치지 말고
신속하고 대담하게 행동하라.

♡　　불이 밝혀져 있고 앞이 분명한 길을 선택하면 마음이 놓인다. 그
러나 간혹 리스크를 기꺼이 받아들여야 할 때가 되었다는 것을 알게 되는
때가 있다. 그것은 말로는 설명할 수 없는 확신으로 알게 된다. 그때 신을
믿고 나아가면 그 상황을 기꺼이 받아들이겠다는 평온함을 갖게 된다. 이
런 과정에서 새로운 삶, 생각, 그리고 사랑을 만난다.

신을 믿는 건 단순하고 풍요로운 믿음이 복잡하게 얽히고설킨 증거보다 확실할 때가 있음을
믿는 거겠지.

그 일에 집중한다는 것

Concentration is everything. On the day I'm performing,
I don't hear anything anyone says to me.

루치아노 파바로티 Luciano Pavarotti

집중만이 전부다.
공연할 때 나는 어떤 사람이 무슨 말을 해도
그 말이 귀에 들리지 않는다.

조직을 책임지고 이끌 때, 많은 관객 앞에서 공연할 때, 중요한 회의를 시작할 때, 그 일이 너무나 중요한 나머지 사소한 것들에는 눈도 깜짝할 틈조차 없어진다. 모든 에너지를 그 일에 집중한다. 유일하게 중요한 단 한 가지는 바로 이 순간이다. 늘 집중된 상태로 살기는 어려운 일이지만 필요할 때 그것을 내면에서 끌어내 사용할 수 있다면 얼마나 멋진 일인가.

내가 맡은 그 일에 누구보다 집중하고 최선을 다하는 것, 그건 내 책임이자 권리야.

급할수록 쉬어 가라

The first rule is to keep an untroubled spirit.
The second is to look things in the face and know them for what they are.

마르쿠스 아우렐리우스 Marcus Aurelius

첫 번째 규칙은 평온한 정신을 유지하는 것이다.
두 번째는 모든 것을 정면으로 똑바로 바라보고
그것이 무엇인지 정확히 아는 것이다.

어려운 일이 닥칠 때, 그 상황을 어떤 태도로 어떻게 대처할지 결정한다. 그때 사태를 따지기 전에 평온함으로 다가서는 것이 현명한 접근 방법이다. 이렇게 한다고 해서 사실을 부인하는 것은 아니다. 이는 주어진 상황이 마음을 흔드는 것을 지켜보기보다는 당당하게 대처하겠다는 표시다. 평온한 상태가 될 때 비로소 투명하게 관찰하고 평가할 수 있으며 맑은 정신으로 결정할 수 있다.

급할수록 일을 망치기 쉬워. 급할수록 마음을 다스려야 해.

집중과 선택

Choice of attention, to pay attention to this and ignore that,
is to the inner life what choice of action is to the outer.

W. H. 아우든 W. H. Auden

주의하고 집중하겠다는 것, 이것에 집중하고
저것은 무시하겠다는 선택이 삶의 내면이라면
어떻게 행동할지 선택하는 것은 삶의 외면이다.

흡연이나 손톱을 깨무는 것과 같은 나쁜 습관을 바꾸려면 내적
인 다짐과 외적인 실천이 요구된다. 걱정하고, 초조해 하거나, 다른 것에 마
음이 쏠리는 것도 그렇다. 어디에 집중할지 결정하는 것, 무엇을 향상시키
고 무엇을 버려야 할지 다짐하고 이를 행동으로 옮기는 것, 이 작은 변화가
행복한 삶을 만든다.

정신을 집중하고 실천해야 할 것, 그것이 내 삶을 결정해.

사랑이라는 유산

Love is the only thing that we can carry with us when we go,
and it makes the end so easy.

루이자 메이 올컷 Louisa May Alcott

사랑은 우리가 떠날 때까지 지니는 것이며,
최후의 순간을 보다 편하게 해주는 유일한 것이다.

생의 마지막 순간에 뒤를 돌아볼 때, 지나온 여정에 의미를 주는
것은 함께 나눈 사랑의 기억들이다. 그렇다. 사랑은 무덤까지 가져가는 유
일한 것이며, 함께한 기억들은 영원한 유산이 된다. 사랑으로 함께 나눈 것
들은 고마웠던 사람들에게서 후대에 전해질 것이다.

늘 사랑을 표현하고 받는 방법을 찾고, 그 사랑을 베풀자.

친절의 힘

Kindness in words creates confidence.
Kindness in thinking creates profoundness.
Kindness in giving creates love.

노자

말로 표현한 친절은 자신감을 만든다.
생각으로 표현한 친절은 심오함을 만든다.
주는 사랑은 받는 사랑을 만든다.

배려에서 시작되는 친절은 내 행동이 다른 사람에게 미치는 영향을 알려주는 프리즘이다. 다른 사람과 함께 성장할 수 있는 길을 친절에서 마주한다. 친절은 다른 사람에게 기회를 주고, 내게는 행복을 안겨준다.

사소한 친절이라도 받는 사람에게는 너무나 소중한 일임을 나는 알고 있어.

함께 웃는 행복

A good laugh makes any interview, or any conversation,
so much better.

바버라 월터스 Barbara Walters

속 시원한 웃음은 어떤 대화나 인터뷰도
훨씬 수월하게 만들어준다.

함께 웃을 때 보다 가까워진다. 함께 겪는 경험, 남일 같지 않은
실수, 혹은 기쁜 일로 함께 웃을 때 흉허물은 훨씬 다루기 쉬워지고 기쁨
은 두 배가 된다. 웃음은 세상을 부드럽게 해준다. 함께 웃을 때 딱딱한 격
식 같은 것은 제쳐버리고 서로 간의 인간미를 음미하며 유대를 쌓아가게
된다.

심각해야 할 때도 있겠지만, 평소에는 혼자라도, 함께 어울리더라도 웃음을 선물하자.

믿는 만큼 성장한다

We must have infinite faith in each other.

헨리 데이비드 소로 Henry David Thoreau

우리는 서로 간에 무한한 신뢰를 가져야 한다.

♡　　다른 사람에게 최선의 것을 바라면 그는 최선으로 행동하고 창조하게 된다. 늘 나쁘다, 쓸모없는 인간이라는 말을 들으며 자란 아이는 그 말처럼 자란다. 반대로 아이에게 새로운 책임을 주고, 그 책임을 완수할 수 있도록 힘을 보태주고, 거듭 믿음을 재확인시켜주면 그 아이는 해낼 가능성도 높아진다. 어른도 마찬가지다. 주변 사람에게 신념을 갖고 그들이 성장하고 변화하도록 문을 열어 잡아주는 것은 은혜로운 행동이다.

내 주변 사람들을 믿어. 그들의 능력을 믿고, 그들이 계획한 대로 실천하리라는 것을 믿어. 그걸 그들에게 알려주어야지.

실천이 계획이다

We become just by performing just actions, temperate by performing temperate actions, brave by performing brave actions.

아리스토텔레스 Aristotle

> 정의롭게 행동함으로써 정의로워지고,
> 온화하게 행동함으로써 온화해지고,
> 용감하게 행동함으로써 용감해진다.

강한 성품과 성격을 갖는 것은 신체 단련과 비슷하다. 신체는 의도적으로 적절하게 사용함으로써 튼튼해진다. 보다 더 좋은 사람이 되고자 소망하거나 보다 많이 이루기를 바란다면 그 바라는 바를 행동으로 실천하는 것이 최선의 방법이다.

쉽게 해낼 수 있는 일부터 시작하면 성취감을 느끼고 또다시 시도하고자 하는 추진력을 얻는다. 이런 행동들이 쌓여 마침내 숨쉬기와 같은 습관으로 굳어진다.

바라는 것을 이루려면 먼저 지금 내 앞에 놓인 것부터 시작해야지.

내일을 알 수는 없지만

Living is a form of not being sure, not knowing what next, or how. The moment you know how, you begin to die a little. The artist never entirely knows. We guess. We may be wrong, but we take leap after leap in the dark.

아그네스 데밀 Agnes de Mille

살아간다는 것은 그다음에 뭐가 어떻게 될지
잘 모르는 상태다. 어떻게 될지 아는 순간
우리는 조금씩 죽어가기 시작한다.
아티스트는 결코 다 아는 법이 없다. 우리는 추측한다.
틀릴 수도 있지만, 어둠 속에서 껑충껑충 도약한다.

/ 누구나 불확실성과 대면한다. 그렇다면 어떻게 할 것인가? 올바른 선택을 하게 될까? 사랑하는 사람들은 어떻게 생각할까? 불확실성을 기꺼이 받아들일 때, 어느 순간 이런 의문들과 완벽에 집착하는 것은 비켜나고 나도 모르게 도약하기 시작한다.

불확실성을 대하고 그것을 극복할 방법을 찾으면서 나는 성장해.

결정은 내 몫

Do not attempt to do a thing unless you are sure of yourself, but do not relinquish it simply because someone else is not sure of you.

스튜어트 E. 화이트 Stewart E. White

스스로 확신할 수 없으면 아무것도 시도하지 말고,
누군가가 나를 확신하지 않는다는 이유만으로
그것을 버리지도 마라.

계획을 시도하고자 결정한 이상 누군가가 의심을 갖고 있다는
이유만으로 그만둔다는 것은 언어도단이다. 주변에는 늘 부정적인 말만
하는 이들이 있고, 변화를 거부하는 이들도 많다. 그들의 말을 고려해볼 수
는 있지만, 그들의 말을 따를지는 스스로가 결정해야 한다.

다른 사람의 우려에 귀를 기울이기는 하겠지만, 그들의 말이 나를 방해하는 건 지켜보지 않
을 거야.

짧을수록 좋은 것

The fewer the words, the better the prayer.

마르틴 루터 Martin Luther

말이 적을수록 보다 좋은 기도다.

우리 자신을 위해서나 다른 사람을 위해서나 가장 순수한 기도는 말을 별로 필요로 하지 않는다. 신은 말로 표현하기 전에 이미 우리에게 필요한 것을 안다. 기도는 응어리진 것을 배출하는 것이 아니라 연결을 찾는 과정이다. 여기에는 말이 필요 없다.

무엇인가 바라는 게 있다면, 그 바라는 것 한마디로 충분해.

고독을 즐기는 힘

The worst loneliness is not to be comfortable with yourself.

마크 트웨인 Mark Twain

최악의 고독은 스스로에게 편하지 못한 것이다.

혼자라고 고독한 것은 아니다. 스스로 편안한 마음을 갖지 못하면 어떤 인간관계에서도 외로움을 느낀다. 고독해질 수 있는 여유를 가질 때 비로소 편안함을 누릴 수 있다. 그러려면 연습이 필요하다.

자신에게 만족하지 못할 때, 다른 사람이 내 시간을 채우고 나를 기분 좋게 해주기를 기대한다. 그러나 고독을 스스로 받아들일 줄 알 때 비로소 만족도 풍성해진다. 이 만족감으로 다른 사람과의 관계로 돌아가라. 그럴 때 비로소 모든 사회활동이 보다 밝아지고 활기 넘치게 된다.

고독을 즐기고 연습하자. 그로써 혼자서도 편하고 다른 사람들과도 편하게 지내는 법을 배우자.

내 마음에 쌓인 것들

Make good use of bad rubbish.

엘리자베스 베리스포드 Elizabeth Beresford

쓸모없는 쓰레기에서 쓸모를 찾아 써라.

삶이 남겨주는 것이라곤 쓰레기 더미밖에 없다고 생각하기도 한다. 그럴 때 '이걸 다 어떻게 처분해야 하나?' 하고 걱정한다. 그럴 때, 삶에서 나온 쓰레기들을 원자재로 생각해보자. 충분히 쓸모가 있을 것이다. 보다 생산적으로 이렇게 물어보자. '이 파편들로 무엇을 만들어볼까? 이것들을 어떻게 조립해서 뭔가 멋진 것을 만들 수 있지 않을까?'

힘들었던 기억, 버리고 싶은 일들, 그립고 아쉬운 추억으로 가득 쌓인 내 마음. 버릴 것은 버리고, 다시 사용할 수 있는 것들은 먼지부터 털어내야겠다.

낯선 사람과 악수하기

Tolerance is the positive and cordial effort to understand another's beliefs, practices, and habits without necessarily sharing or accepting them.

조슈아 로스 리브먼 Joshua Loth Liebman

관용이란 다른 사람이 갖고 있는 신념, 실천, 그리고
습관을 반드시 내가 받아들여야 한다는 부담 없이
긍정적이고 진지하게 이해하고자 노력하는 것.

다른 배경과 신념을 가진 사람을 알게 될 때 서로 간에 공동의 관심사가 없는 경우가 있다. 그와 같은 생각을 가질 필요는 없지만 그에게도 그 나름대로의 사연, 성장 배경, 문화, 신념이 있음을 인정해야 한다. 서로 다른 점을 지적하며 토론할 수는 있으나 이런 다른 점이 서로 간에 교류를 쌓는 것을 방해하게 해서는 안 된다. 서로 마음을 터놓고 공감을 나누는 가운데 자신의 정체성을 그대로 유지하면서도 보다 많이 교류할 수 있다.

어떤 신념과 문화는 미스터리라고 할 정도야. 하지만 그런 사람들과 문화와 마음으로 마주함으로써 더 많이 배우자.

July

Gladly accept the gifts of the present hour.

지금 이 시간이 주는 선물을 기쁘게 받아들여라.

그 무엇보다 우선은 사랑

I knew what my job was; it was to go out and meet the people and love them.

영국 황태자비, 다이애나 Diana

나는 내가 해야 할 일을 알고 있었다.
그것은 나가서 사람을 만나고 사랑하는 것이었다.

세상의 모든 종교가 가르치는 삶의 중심에 목적이 있다. 그것은 바로 사랑이다. 인간은 서로 사랑하고, 사랑을 보여주고, 사랑을 주고받는 가운데 성장해야 하는 존재로 태어났다. 진정한 사랑을 실천하려면 자신부터 치유해야 한다. 그렇게 하는 가운데 강인함을 얻고, 다른 사람에게 기꺼이 손을 내밀 수 있다. 진정 가치 있고 의미 있는 삶과 영혼 그리고 마음이 바로 여기에서 이루어진다.

살아가는 건 곧 사랑하는 일이야. 사는 건 그토록 간단한 거라고.

자연 예찬

Nature has been for me, for as long as I remember, a source of solace, inspiration, adventure, and delight; a home, a teacher, a companion.

로레인 앤더슨 Lorraine Anderson

내 기억 속에 자연은 늘 나와 함께해왔다.
영감을 주고 모험과 기쁨을 주는 곳,
위안을 얻을 수 있는 원천으로.
또한 나의 가정이자 선생님이자 나의 동반자로.

자연은 흙, 나무, 연못, 산 등에 국한되지 않는다. 속도를 줄여 넉넉한 시간 여유를 갖고 자연을 음미할 때 평화, 생명의 순환, 계획, 그리고 탐험이라는 위대한 교훈을 얻게 된다. 대양이나 황야는 오랜 친구였던 것처럼 감동으로 다가온다. 자연의 품안에 자신을 맡긴 채 귀를 기울이면 인간은 자연의 한 부분이라는 사실을 다시금 깨닫게 된다.

내가 사는 곳이 어디든 자연을 느낄 수 있는 여유를 갖자. 그리고 자연에서 일어나는 기적들에 감사하자.

우정을 가꾸는 사람

Human beings are born into this little span of life of which the best thing is its friendships and intimacies… and yet they leave their friendships and intimacies with no cultivation, to grow as they will by the roadside.

윌리엄 제임스 William James

인간이 태어나 살아가는 이 작은 인생살이에서
가장 좋은 것은 우정과 친분이다.
그럼에도 사람들은 우정과 친분을 가꾸려 하지 않고,
늘 있던 대로 있으려니 하며
길가에 제 마음대로 자라도록 내버려둔다.

새로운 것을 배우고자 할 때 강의를 듣는다. 어떤 프로젝트를 완수하고자 할 때 그 일을 할 시간을 만든다. 속한 조직에서 뭔가를 바꾸고자 할 때 그것에 참여한다. 이처럼 좋은 친구나 동반자가 되는 데도 관심과 노력이 필요하다. 인간관계는 저절로 튼튼하게 자라는 것이 아니다. 우정이 소중한 것이라고 믿는가? 그렇다면 시간을 내어 우정을 가꾸어야 한다.

인간관계는 중요하고, 그만큼 돈독한 인간관계를 만드는 건 내가 할 일이야.

가장 소중한 선물

If a person gives you his time,
he can give you no more precious gift.

프랭크 타이거 Frank Tyger

누군가가 나를 위해 시간을 내주면
그보다 더 귀중한 선물은 없다.

우리가 가진 것들 중 가장 귀중한 것은 시간이다. 우리가 소유하는 잡다한 것들과는 달리 시간은 한 번 사용하면 되찾을 수 없다. 누군가가 내게 시간을 내줄 때 가장 소중한 선물을 받은 것이다. 그는 자신의 삶의 일부를 나를 위해 사용함으로써 자기 자신을 내주고 있는 셈이다. 기꺼이 시간을 내주는 친구가 있다면 그에게 깊은 관심을 기울이고 감사한 마음을 표현하라. 이것이 그를 존중하는 방법이다.

누군가가 내게 시간을 내줄 때 이에 감사하고, 그가 준 시간을 덧없이 보내지 말자.

내게 주어진 축복들

Gladly accept the gifts of the present hour.

호라티우스 Horace

지금 이 시간이 주는 선물을 기쁘게 받아들여라.

지금 바로 이 순간 어떤 좋은 일이 벌어지고 있는가? 지금 이 순간 감사하게 여겨야 할 일들은 무엇인가? 이는 늘 염두에 두어야 할 은혜다. 먹을 것, 입을 것, 잠잘 곳이 있다는 것은 은혜의 시작이다. 또한 곁에 있는 좋은 친구와 동료, 살고 있는 나라, 그리고 이런 글을 읽을 수 있게 해준 교육, 이 모든 것이 은혜다. 이 외에도 지금 바로 이 순간이 주는 선물은 무궁무진하다. 시간 속에 포장된 이 모든 것을 바라보라. 감사하는 마음으로 충만해질 것이다.

지금 무엇에 감사해야 할까? 내게 주어진 선물들이 무엇인지 곰곰이 생각해봐야지.

친구를 찾는다면

Seek those who find your road agreeable, your personality and mind stimulating, your philosophy acceptable, and your experiences helpful. Let those who do not, seek their own kind.

장 앙리 파브르 Jean-Henri Fabre

당신이 가는 길을 동조하는 사람,
당신의 성품과 생각에서 자극을 받는 사람,
당신의 철학을 받아주는 사람,
당신의 경험이 도움 된다고 여기는 사람을 구하라.
그렇지 않은 사람들은 끼리끼리 구하게 하라.

그가 내 입장을 받아들이도록 설득하는 것, 혹은 나 자신이 아닌 다른 사람처럼 되려고 애쓰는 것은 둥근 구멍에 사각형 쐐기를 박으려고 애쓰는 것과 마찬가지다. 그런 노력을 그만두어라. 이 세상에는 사귈 수 있는 사람들이 많다. 친밀한 사이가 되는 것에 무관심한 이들은 잊어버리고, 애정 어린 관심을 기울이는 사람을 찾아라.

살다 보면 나와 의견이나 성격이 맞지 않는 사람들도 받아들여야 할 때가 있어. 하지만 나와 가까이 지낼 생각이 없는 사람에게는 친구가 되기를 강요하지는 말자.

기대 이상의 것

I've always tried to go a step past wherever people expected me to end up.

비벌리 실스 Beverly Sills

나는 사람들이 내게 기대하는 최종 목표보다
늘 한 걸음 더 높은 곳에 도달하고자 노력했다.

주변 사람들이 내게 기대하는 것 이상으로 내가 성취하는 것은
굉장한 기쁨이다. 일을 할 때나 놀 때 그들 앞에서 남다른 실력을 발휘하는
것은 즐겁다. 오랫동안 제자리걸음만 하다가 마침내 기대 이상의 높은 곳
에 도달했을 때 신선한 에너지로 충만해지고 더 열정적으로 일하게 된다.
그렇게 정상에 올라서면 자신의 경쟁 상대는 자신뿐이며, 자신이 할 수 있
는 최선에 도전해야 한다는 사실을 깨닫는다.

정해진 기준과 타협하려고 한 적이 있었지. 하지만 이제는 그 기준을 뛰어넘을 거야. 그로써
내게 신선한 에너지를 불어넣을 거야.

듣는 기도

In prayer, more is accomplished by listening than by talking.

제인 프랜시스 드 샹탈 Jane Frances de Chantal

말하는 기도보다 듣는 기도가
더 많은 것을 이룰 수 있다.

기도는 대화하는 것과 같다. 조용히 다른 사람에게 질문하고 대답을 경청함으로써 더 많은 것을 수확할 수 있다. 삶과 마음속에는 조잘거림과 소음이 너무나 많다. 깊이 기도할 때는 그 조잘거림의 볼륨을 약간 낮추자. 정적 속에서 마침내 지혜의 목소리를 듣기 시작한다.

기도하듯 내 마음을 표현해야지. 그러는 가운데 지혜의 목소리에 귀를 기울일 수 있을 테니.

용서받을 준비

Many promising reconciliations have broken down because while both parties came prepared to forgive, neither party came prepared to be forgiven.

찰스 윌리엄 Charles William

화해하기로 했다가 그 약속이 깨지는 경우가 많다.
이는 양측 모두 용서하려는 마음의 준비는 하고 왔으나
용서받을 준비는 하지 않았기 때문이다.

다른 사람을 용서하려면 너그러움이 필요하지만, 용서받을 때는 특별한 관대함이 필요하다. 다른 사람이 나를 용서했을 때 안도가 되지만 때로는 민망하고 어색해지기도 한다. 용서받았다는 것은 잘못을 인정하고 앞으로 그러지 않겠다고 다짐해야 함을 뜻하기 때문이다.

남을 용서할 뿐만 아니라 나 자신이 용서받을 수 있는 관대함도 함께 가지도록 노력하자.

나라는 특별한 존재

Nobody can be exactly like me. Sometimes even I have trouble doing it.

탈룰라 뱅크헤드 Tallulah Bankhead

어느 누구도 나와 정확히 같을 수 없다.
어떤 때는 나 자신조차
나 자신과 똑같아지기가 어렵다.

우리는 모두 특별한 존재다. 친구들에게서 새로운 것을 발견하듯이 자신에게도 매일 새로운 것을 발견하게 된다. 가끔은 우리 삶 가운데 내가 아닌 다른 존재가 되려는 것을 느낄 때도 있다. 진실로 자신의 존재, 그 핵심을 발견하라. 그로써 자신과 하나가 되어 변화해가는 것이 창의적인 도전이다.

나는 독특한 존재야. 내게 주어진 재능을 비롯해 나라는 존재를 더 많이 발견해야지. 그리고 그것을 계발할 거야.

나는 충분히 강하다

If you face a crisis, raise your head, look straight ahead and say "suffering, I am stronger than you. You can never defeat me."

앤 랜더스 Anne Randers

힘든 고비에 부딪히면 고개를 높이 들고
정면을 바라보며 이렇게 말하라.
"역경, 나는 너보다 강하다.
너는 결코 나를 이길 수 없다."

내 힘이 미약하더라도 어려운 이웃을 보면 도와주고, 주변 사람들을 설득해 후원 모임을 만들기도 한다. 일이 힘들수록 더 해내고 싶어지고, 반드시 이루고 말겠다는 용기가 솟구친다. 그 어떤 것도 나를 강하게 하는 촉매제가 될 수 있다. 그리고 마침내 내 스스로 놀랄 날이 올 것이다. '내게 이런 능력이 있었다니!' 하면서.

아직 겉으로 드러나지 않은 내 강점은 무엇일까?

변화 그 자체가 되어라

Sometimes you gotta create what you want to be a part of.

게리 웨이츠먼 Geri Weitzman

우리가 되고자 하는 존재를
우리 스스로가 만들어야 할 때가 있다.

동네에 근사한 공원이 있었으면, 직장이 보다 효율적으로 일하는 곳이었으면 하고 바랄 때가 있다. 그러나 그런 생각을 실천으로 옮기는 주인공은 바로 그 자신일 때가 많다. 풀뿌리운동이 바로 그렇다. 그들은 아이디어로 첫걸음을 뗐고 그것을 직접 보여준다.

아이디어가 떠올랐다면 앉아서 기다리기보다 그 생각을 실현하기 위해 일어서자.

남에게 휘둘리지 마라

A life of reaction is a life of slavery, intellectually and spiritually.
One must fight for a life of action, not reaction.

리타 메이 브라운 Rita Mae Brown

늘 남을 의식하며 사는 인생은
지성이나 영적인 면에서 노예의 인생이다.
우리는 남을 의식하지 말고
스스로 실천하는 삶을 살아야 한다.

반응하며 행동한다는 것은 타인이나 상황에 지배받는 것이다. 그러면 늘 불안하고 압박받는 기분이다. 내가 누구인지 알지도 못한다. 스스로 선택하지 못하고 누군가 혹은 무엇인가가 나를 지배하고 있기 때문이다. 자신의 모습을 되찾는 것이 왜 중요한지 궁리하고 명심하라. 자신의 사명감과 가치에 바탕을 두고 행동하라. 뜻밖의 놀라운 일들이 기다리고 있을지라도.

남의 반응에 휘둘리기보다는 대응하고, 스스로 생각하고 행동하자.

진정한 성공이란

When all is said and done, success without happiness is the worst kind of failure.

루이스 빈스톡 Louis Binstock

결국 행복이 빠진 성공은 최악의 실패다.

정상에 오르느라 진을 다 빼버린다면 정상에 올랐다고 해도 기쁘지는 않을 것이다. 오르는 과정에서 마음에 양식을 주고, 우정을 나눔으로써 기쁨을 만끽하고, 자신에게 웃어줄 여유를 갖는 것이 중요하다. 정상에 오르기까지 시간이 좀 더 걸릴지 몰라도 그래야만 정상에 올랐을 때 진정으로 기뻐할 에너지, 그리고 그 기쁨을 함께 나눌 인간관계를 고스란히 간직할 수 있다.

과정의 즐거움을 포기해야 할 만큼 중대한 목표는 없어. 목표에 이르는 과정에서 행복을 챙기는 여유를 가져야 해.

건강이 전부다

He who has health, has hope; and he who has hope,
has everything.

아랍 격언

건강을 가진 사람은 희망을 가졌다.
희망을 가진 사람은 모든 것을 가졌다.

건강을 잃기 전까지는 그것이 얼마나 소중한지를 잘 알지 못한다. 감기든 지병이든, 건강이 나빠졌을 때 겪는 고통을 누구나 잘 알고 있다. 활력을 가져다줄 일을 하거나 결정을 내리는 것조차 힘들어진다. 건강이 회복되었을 때 그 기분은 이루 말할 수 없다. 건강은 아무리 힘든 여정이라도 가야 할 길을 헤쳐 나가는 데 필요한 창의력, 능력, 그 외 모든 것, 그리고 희망을 동반한다.

내게 주어진 이 건강함에 감사해야지.

그게 최선의 선택인가

Life is a series of choices between the bad, the good,
and the best. Everything depends on how we choose.

밴스 하브너 Vance Havner

삶은
나쁜 것, 좋은 것, 최선의 것 사이에서
선택의 연속이다.
모든 것은 우리가 선택하는 데 달려 있다.

신중하게 선택하는 것은 귀찮은 일일 수도 있다. 예전에 했던 대로 결정하거나 가장 쉬운 것 혹은 가장 편한 것을 기준으로 선택하는 일은 쉽다. 그러나 그것이 최선의 선택일까?

해로운 것은 피해야겠지만, 그보다 먼저 최선의 길을 찾고 그에 따르자. 시간과 노력과 정성이 필요하겠지만 그래도 그럴 만한 가치가 있으니까.

행동으로 말하라

Trust only movement. Life happens at the level of events,
not of words. Trust movement.

알프레트 아들러 Alfred Adler

행동만을 신뢰하라.
인생은 말이 아니라 행동으로 사는 것이다.
행동을 신뢰하라.

사랑하는 사람과 함께 있을 때 혹은 직장이나 모임에서 말만 늘어놓는 것은 누구나 쉽게 할 수 있다. 그러나 그의 품성은 그의 행동을 통해서만 알 수 있다. 그것을 알려면 시간과 관찰이 필요하다. 그러다 보면 실제로 어느 정도까지 그를 신뢰할 수 있는지 알게 된다. 그가 자신이 결심한 바를 꾸준히 실천했는지 아닌지를 알게 된다. 그가 어떤 말을 했든 상관없이 그의 실천 여부로 그를 신뢰하게 되는 것이다.

말보다는 행동을 보고 사람을 판단하자.
그가 하는 행동은 그의 참됨을 극명하게 보여주니까.

기회는 기다리지 않는다

If your ship doesn't come in, swim out to it.

조녀선 윈터스 Jonathan Winters

배가 오지 않으면 헤엄쳐서 빠져나가라.

성공한 사람들은 기회라는 말만 들어도 남들보다 한 발 앞서 그 기회에 접근하거나 스스로 기회를 만드는 재주를 타고난 것처럼 보인다. 성공이 어느 날 갑자기 찾아오기를 앉아서 기다린다면 물론 저절로 찾아올 가능성도 있지만 그 가능성이란 사막에서 바늘 찾기나 다름없다. 꿈을 실현하려면 단 한 가지 유일한 방법이 있을 뿐이다. 갈 길을 정한 뒤 그 안으로 걸어 들어가는 것이다.

올바른 방향을 향해 발걸음을 내딛는 것, 그것이 꿈꾸는 것을 이루는 지름길이야.

시간을 달라고 할 때

Time isn't a commodity, something you pass around like cake. Time is the substance of life. When anyone asks you to give your time, they're really asking for a chunk of your life.

앙투아네트 보스코 Antoinette Bosco

시간은 케이크처럼 나누어 먹을 수 있는 것이 아니다.
시간은 인생의 내용물이다.
누군가가 시간을 내줄 것을 부탁한다면
그는 당신의 인생 한 덩어리를 달라는 셈이다.

때때로 사람들은 마치 제 권리를 주장하듯 내 시간을 내줄 것을 요구한다. 그때는 솔직해져라. 내 시간이 얼마나 소중한지를 깨닫게 해준 다음, 그에게 시간을 내줄지 말지를 결정하라. 오늘은 시간이 안 된다고 해도 괜찮다. 그의 잘못된 계획 때문에 내가 다급해져야 할 필요는 없다.

누군가를 위해 내 시간을 내준다는 것은 나 자신을 내주는 것과 같아. 베푸는 것은 좋은 일이지만 다른 사람이 나를 이용하지 않도록 조심해야지.

그에게 시간을 주자

The chain of friendship, however bright, does not stand the attrition of constant close contact.

월터 스콧 Sir Walter Scott

우정의 사슬은 제아무리 빛난다고 해도
끊임없이 맞닿아 생기는 마찰을 견디지 못한다.

친구와 함께 있을 때 행복해진다. 더 많은 시간을 함께 보내고 싶고 오랫동안 떨어져 있었음을 안타까워하기도 한다. 그러나 서로 잠시 떨어져 있는 시간을 가지는 것도 건강한 일이다. 절친한 친구든, 룸메이트든, 배우자든, 한 번쯤 서로 떨어져 있는 시간을 가질 필요가 있다.
항상 같이 있다 보면 서로 바라는 것이 많아진다. 떨어져 있을 때 각자 바라는 것을 찾는 다른 방법을 모색하게 되고, 자신의 본래 모습도 발견하게 된다. 또한 그 경험으로 새로운 이야깃거리와 활력을 얻어 관계를 회복할 수 있다.

친구들은 내게 소중한 존재들이야. 그렇다고 그들을 내 것으로 여겨서는 안 돼.

모든 것에 기도하라

Prayer at its best is the expression of the total life, for all things else being equal, our prayers are only as powerful as our lives.

A. W. 토저 A. W. Tozer

훌륭한 기도는 모든 인생의 표현물이다.
세상 모든 것이 평범해 보이더라도
기도만은 우리의 삶만큼이나 강력하기 때문이다.

마음 깊은 곳에는 무엇이 있는가? 자신에게 어떤 가치를 부여하고 있는가? 기도는 나를 보여주는 정직한 잣대다. 자신만이 잘되기 바라며, 내가 원하는 것이나 내게 절박한 것 때문에 기도하지는 않는지 돌아보라. 그리고 삶과 신에 대한 믿음을 기도로 표현하라. 기도 안에서 성숙해지고 건강한 삶을 창조하며, 그러면서 기도의 어조와 음색 또한 바뀌어 간다.

기도로 나를 돌아보고, 나를 키우기 위해 기도해야지.

아이답게 자라도록

My father used to play with my brother and me in the yard. Mother would come out and say, "You're tearing up the grass." "We're not raising grass," Dad would reply. "We're raising boys."

하먼 킬브루 Harmon Killebrew

아버지는 우리 형제와 뒤뜰에서 놀곤 했다.
어머니가 나와서 말씀하셨다.
"잔디를 뭉개놓다니."
그러면 아버지가 말씀하셨다.
"우리가 잔디를 키우는 게 아니라 애들을 키우는 거야."

아이를 내 삶에 받아들일 때 거기에 따르는 '어지르는 일'도 함께 받아들여야 한다. 오히려 우리 자신도 아이들과 함께 신나게 어지를 수도 있다. 아이들이 자란 뒤에는 대견한 생각이 들면서도 낙서했던 일, 블록을 쌓던 일, 접시를 깨뜨렸던 일들이 오히려 그리워진다.

아이들이 어질러놓은 것에 짜증내기보다 아이들이 세상을 배울 수 있도록 도와주고 함께 놀아주자.

지금은 편하게 잘 시간

Health is the first muse, and sleep is the condition to produce it.

랠프 월도 에머슨 Ralph Waldo Emerson

건강은 첫 번째 뮤즈 신이고,
숙면은 그 생산 조건이다.

숙면은 하찮은 호사가 아니다. 숙면은 공기나 음식처럼 몸에 필수적이다. 몸을 속이며 잠을 덜 자고 일을 계속하기도 한다. 그러나 이것이 습관이 되어서는 안 된다. 숙면이 부족하면 신체 면역 시스템에 부담을 주고 명료한 사고를 방해한다.

스트레스에 시달릴 때는 그 어느 때보다 건강이 필요하고, 문제 해결 능력과 창의성이 요구될 때는 숙면이 가장 필요한 때다. 그런데도 우리는 숙면을 중시하지 않고 잠을 설친다.

충분히 휴식을 취하자. 그리고 상쾌한 마음으로 잠자리에서 일어나 새로운 날을 시작하자.

낯선 곳으로 가라

I feel very adventurous.
There are so many doors to be opened, and I'm not afraid to look behind them.

엘리자베스 테일러 Elizabeth Taylor

나는 모험심이 넘친다.
열어 볼 수 있는 문이 너무나 많고,
그 문 뒤에 무엇이 있는지 전혀 겁이 나지 않는다.

어린 시절 우리는 언제라도 모험을 떠날 태세였다. 그 어느 것도 모험에 나서는 우리를 막을 수 없었다. 그 열정을 다시 찾아보자. 지금 현재 우리가 사는 곳에도 탐험할 곳이 많다. 하루 동안 관광객이 되어 익숙한 곳들을 찾아보자. 그러면 평범하기만 했던 일상이 갖가지 가능성으로 요동칠 것이다.

모험을 하듯 내 인생의 여정에 호기심을 갖고 뛰어드는 거야.

행운은 땀과 함께 있다

Whenever we have the chutzpah to take the first risky step toward a defined and passionate goal, our path suddenly lines itself with opportunities, resources, and helping hands.

안나 비요르크룬드 Anna Björklund

얼굴에 철판을 깔고 내가 정한 야심찬 목표를 향해
첫 발걸음을 뗄 때마다
가야 할 길 위에 갑작스럽게 기회, 재원,
그리고 도움의 손길이 나란히 정렬되기 시작한다.

새로운 취미를 배우려고 강습을 듣기로 결정하는 바로 그 주에
수공예 기능 보유자와 안면을 트게 되고 공예 요령까지 듣고 배우는 일이
일어날 수 있다. 사업을 하겠다고 결심한 바로 그 순간에 장래 큰 손님이
될 만한 사람과 잘 알고 있는 친척에게서 전화가 오는 경우도 있다. 꿈을
실현하는 모험에 혼신을 바치면 곧장 다른 요인들도 여기에 발맞춘다.

목표를 이루기 위해 최선을 다하자. 그 과정에 생기는, 기대하지 못한 도움들에 감사하며.

사랑은 짐을 덜어준다

I see their souls, and I hold them in my hands,
and because I love them they weigh nothing.

펄 베일리 Pearl Bailey

나는 그들의 영혼을 보고 내 손으로 잡는다.
내가 그들을 사랑하기 때문에
그 영혼들은 전혀 무겁지 않다.

♡   다른 사람을 돌보며 그들이 당면한 문제를 해결해주려고 도움의
손길을 뻗을 때 신중해진다. 그들의 문제로 인해 내가 기진맥진해지지는
않을까? 시간을 너무 많이 빼앗기면 어쩌지? 그러나 연민으로 그들에게 도
움의 손을 내밀 때 이런 행동은 그 자체가 에너지를 만들어낸다. 사랑이 있
으면 시간과 재원은 저절로 따라온다. 다른 사람이 지고 있는 짐을 사랑으
로 나누어 덜어준다면 그 짐은 전혀 무겁지 않다.

어려운 사람을 연민하고 도와주는 것을 두려워하지 말자.

간결할수록 좋은 것

Sweet words are like honey, a little may refresh, but too much gluts the stomach.

앤 브래드스트리트 Anne Bradstreet

달콤한 말은 꿀 같아,
조금 먹으면 만족스럽지만 많이 먹으면 배탈이 난다.

사랑하는 사람과 달콤한 말을 주고받을 때, 내 마음을 제대로 이해시키려고 여러 가지 방식으로 표현을 바꾸기도 한다. 그러나 '적을수록 풍요로워지는 것'이 오붓한 대화다. 친절한 말과 행동은 절제하고, 정화하며, 희귀하고 귀중한 보석처럼 대할 때 더 빛나는 법이다. 지나침은 오히려 상대방을 당혹스럽게 하거나 진정성을 의심받게 할 뿐이다.

사랑하는 사람에게 웅변으로 부담을 주는 대신 함께하는 순간을 음미할 수 있도록 해야지.

분노에 지치지 말자

In hatred as in love, we grow like the thing we brood upon.
What we loathe, we graft into our very soul.

메리 레널트 Mary Renault

사랑할 때와 마찬가지로 미워할 때도
우리는 골똘히 생각하는 바로 그것을 닮아가게 된다.
우리가 증오하는 것도 결국은 우리의 영혼,
바로 그 안에 심어지고 만다.

끊임없는 분노에 자신을 방치해 두어서는 안 된다. 증오의 대상이 내 안으로 파고들어 오고, 신경을 집중하는 바로 그 대상물이 곧 내 모습이 되어버리기 때문이다. 이 문제에 대한 해답은 용서에 있다. 다른 사람을 완전히 놓아줄 때 비로소 자유로워지고 자신의 참모습을 되찾을 수 있다.

분노는 나를 파괴할 뿐이야. 분노로 나를 지치게 하지 말자.

돈으로 살 수 없는 만족

If thou covetest riches, ask not but for contentment,
which is an immense treasure.

사디 Sa'di

부자가 되기를 바란다면 만족만을 구하라.
그것은 무한한 보물이다.

우리가 원하는 것은 언제나 '더 많이' 가질 가능성이 있는 것들이다. 빚을 갚고 나면 저축액이 더 많기를 바라고, 비상금이 생기면 투자하고 싶어지고, 투자하는 재미가 쏠쏠해지면 가족을 부양해야 한다며 더 많은 이윤을 바란다.

그러나 누추한 집에 사는 사람도 먹을거리가 충분하다면 그렇지 못한 사람이 보기에는 충분히 편하게 살고 있는 것이다. 부유함에 대한 개념은 상대적이다. 만족만이 눈을 더 크게 뜨게 한다. 그로써 아무리 힘든 일을 겪을지라도 가진 것에 만족하고 감사하는 마음을 갖게 된다.

감사하는 마음과 만족하는 마음이 내 안에 가득하도록 노력해야지.

정말 도와주고 싶은가

Never reach out your hand unless you're willing to extend an arm.

엘리자베스 풀러 Elizabeth Fuller

기꺼이 손을 내밀고 싶지 않는 한
절대 남을 돕겠다고 나서지 마라.

겉치레로 도와주겠다는 태도는 환영받지 못한다. 이는 돕기를 바라지만 거기에 매달리고 싶지 않다는 방증이다. 그리고 실제로는 아무것도 해주지도 않고 그만둔다. 정말 도와주고 싶다면 무엇을 해줄 수 있는지 구체적인 방법을 결정해야 한다. 시간도 별로 없고 재정도 한정적이겠지만 진정으로 도와주고 싶다면 그 의도부터 분명하게 밝히는 것이 좋다.

그를 도와주겠다면 진심으로 도와주고,
그를 위해 무엇을 어떻게 도와줄 수 있을지 고민하자.

다음 세대를 생각하며

What is buried in the past of one generation falls to the next to claim.

수전 그리핀 Susan Griffin

어느 한 세대의 과거에 묻힌 것은
다음 세대의 손에 떨어진다.

우리 세대가 잘못한 것, 결점, 그리고 비밀은 아무리 숨긴다고 해도 다음 세대에 영향을 주게 마련이다. 어려운 문제를 기피한다면 그것은 다음 세대에게 풀리지 않은 문제를 더 많이 남겨주는 셈이다. 다음 세대에게 지금의 상황을 자세하게 알려주어야 한다. 그로써 그들도 마음의 준비를 할 수 있으므로. 우리의 책임을 우리 스스로 수행함으로써 다음 세대와의 관계를 치유하고 건실하게 만들 수 있는 기회를 잡는다.

젊은 세대와 어울리고 싶고, 그들에게 도움이 되는 역할이 되어야지.

모험을 하듯 호기심을 갖고

뛰어드는 거야.

그렇게 내 삶을 즐기는 거야.

August

Forgiveness is the most tender part of love.

용서는 사랑의 가장 온화한 부분이다.

먼저 베풀어야 할 것

The greatest good you can do for another is not just to share your riches,
but to reveal to him his own.

벤저민 디즈레일리 Benjamin Disraeli

다른 사람에게 할 수 있는 가장 위대한 선행은
당신의 부를 나누어주는 것이 아니라
그가 가진 부를 보여주는 것이다.

♡　　　내가 가진 것을 남에게 베풀다 보면 그의 의존심만 키워주는 셈
이 되고 마는 경우가 허다하다. 받는 사람이 고마운 마음을 가질지는 몰라
도 그가 자립하는 것은 여전히 힘들다.
먼저 그의 장점과 재능 그리고 가능성을 발견할 수 있도록 도와주어라. 꾸
준히 실천하다 보면 언젠가 그의 자신감이 움트고 마침내 도움을 더 이상
필요로 하지 않게 된다. 그로써 그는 다른 사람을 도울 수도 있다.

돈을 기부하는 것은 누군가를 돕기 위해서지만, 기부하기 전에 돈보다 먼저 내밀어야 할 건
뭔지 살펴봐야겠다.

정직을 악용하지 마라

Honesty without compassion and understanding is not honesty,
but subtle hostility.

로즈 N. 프란츠블라우 Rose N. Franzblau

배려와 이해가 없는 정직은
정직이 아니라 교묘한 적개심이다.

"사실을 사실대로 말한 것뿐인데……." 혹독한 말로 누군가의 마음에 상처를 입혔을 때 우리는 이렇게 얼버무린다.

정직은 선한 것이지만 나쁜 의도로 한 행동을 정당화하는 수단으로 악용해서는 안 된다. 꺼내기 어려운 말을 해야 할 경우에도 최소한 듣는 사람의 기분을 고려해 방법을 달리해야 한다. 그럴 시간이 없다고 변명하고 싶은가? 그렇다면 다른 사람을 불쾌하게 한 후 자신의 행동을 수습할 시간도 마땅히 없을 것이다.

민감한 문제에 솔직하고 싶을 때는 내가 의도하는 바가 무엇인지부터 잘 살펴봐야지.

험담은 되돌아온다

Gossip speaks volumes of the character of its speaker.

안나 비요르크룬드 Anna Björklund

> 험담의 볼륨은
> 말하는 사람의 인간성에 맞추어져 있다.

누군가가 험담하는 것을 듣고 있노라면 험담하는 대상보다 험담하는 사람이 더 궁금해지곤 한다. 저 말이 사실일까? 말하는 사람은 과연 믿을 수 있을까? 돌아서서 나도 험담하지 않을까? 그렇게 험담하는 사람을 조심하게 되고, 그에게 털어놓지도 않을 것이다.

험담은 비생산적이다. 가족 혹은 직장 동료가 누군가를 험담한다면 지적하고 충고해야 한다. "그런 말은 듣고 싶지 않은데." 이 말 한마디로도 충분히 충고가 될 수 있다.

험담은 하지도 듣지도 말자.

사랑은 주고받는 것

For we must share, if we would keep, that blessing from above; Ceasing to give, we cease to have; such is the law of love.

리처드 C. 트렌치| Richard C. Trench

높은 곳에서 주신 은총을 간직하려면
이를 나누어 가져야 하고,
주는 것을 멈추면 받는 것도 멈추느니,
이것이 바로 사랑의 법칙이다.

다른 사람에게 헌신하는 이들이 활력이 넘치고 명랑한 것은 왜 일까? 우정, 가족애, 로맨스 등 어떤 방식으로 표현하더라도 사랑에는 에너지와 노력이 필요하다. 그리고 아무리 사소하더라도 베풀고 나눌 때 내 몫이 훨씬 크게 불어난다.

아낌없이 사랑하고, 돌아오는 사랑을 아낌없이 사랑하자.

곧 어른이 될 사람

A child is a temporarily disabled and stunted version of a larger person, whom you will someday know. Your job is to help them overcome the disabilities associated with their size and inexperience so that they get on with being that larger person.

바버라 에런라이히 Barbara Ehrenreich

언젠가 당신이 만나게 될 덩치 큰 사람이
지금 일시적인 신체장애를 겪고 있으니,
그는 바로 어린이다. 당신이 해야 할 일은
그가 몸집과 무경험으로 인한 그 장애를 극복함으로써
보다 큰 사람 구실을 제대로 할 수 있게 돕는 것이다.

☕ 어린이를 아이로만 보지 말고 곧 어른이 될 사람이라고 생각하면 그들을 더 인격적으로 존중하며 대할 수 있다. 우리가 할 수 있는 가장 중요한 것은 그들의 흥미, 재주, 신념이 자라도록 돕는 것이다. 이는 그들이 성숙하도록 도와주는 길이며, 장차 우리의 좋은 친구로 자라도록 함으로써 우리가 보람을 느끼는 길이다.

아이들을 인격적으로 대하고, 아이들이 세상과 자신을 배우고 깨우치도록 도와주자.

도움을 재지 마라

People who won't help others in trouble "because they got into trouble through their own fault" would probably not throw a lifeline to a drowning man until they learned whether he fell in through his own fault or not.

시드니 J. 해리스 Sydney J. Harris

제 스스로 잘못해서 어려운 지경에 빠졌다는 이유로
도움을 주지 않는 사람들이 있다.
이들은 누군가가 물에 빠져 익사하기 직전인데도
그가 뭘 잘못해서 물에 빠졌는지 알 때까지
구명보트를 던져줄 생각을 하지 않을 것이다.

살면서 겪었던 시련들을 곰곰이 되돌아보면 스스로 초래했던 경우가 대부분이 아닌가. 그런데도 사람들은 이유를 불문하고 나를 도와주지 않았던가. 어떤 문제가 일어났을 때 내게 잘못이 있든 없든 사람들이 나를 기꺼이 도와주었기 때문에 내가 마음을 다잡고 더욱 성장할 수 있었음을 늘 기억해야 한다.

누군가가 내 도움을 바랄 때 도움을 주어도 되는지 따지지 않을 거야. 아무 조건 없이 행동으로 옮겨야 해.

순수한 마음 그대로

To give pleasure to a single heart by a single kind act is better than a thousand head-bowings in prayer.

사디 Sa'di

선한 행동 하나로 누군가를 기쁘게 하는 것은
기도를 천 번 하는 것보다 낫다.

모든 의례와 규칙을 철저히 준수한다고 해도 이웃을 배려하는
마음이 없으면 헛일이라는 점은 모든 종교가 인정하는 사실이다. 건강한
신앙심의 중심에는 사랑이 자리 잡고 있다. 이것이 바로 우리가 사는 목적
이다. 무엇인가 되돌려 받겠다는 의도 없이 순수한 마음으로 다른 사람에
게 기쁨을 선사하고자 사려 깊은 행동을 할 때 하늘을 감동시킬 수 있다.

어느 때라도 사랑과 선함으로 주변 사람들과 늘 닿아 있어야 한다는 건 내가 이 세상에 사는
진정한 목적이야.

멈출 때를 아는 사람

Everyone should keep a mental wastepaper basket and the older he grows the more things he will consign to it—torn up to irrecoverable tatters.

새뮤얼 버틀러 Samuel Butler

모든 사람은 마음속에 휴지통을 갖고 있어서,
나이가 들수록 그곳에 돌이킬 수 없이
박박 찢어버린 쓰레기들이 점점 더 쌓여야 한다.

무엇인가를 꾸준하게 추구하는 것은 칭찬할 일이지만, 그만둘 때를 아는 것은 현명한 자세다. 그만두는 것은 반드시 항복을 의미하지 않는다. 이는 바라는 대로 되지 않을 것임을 솔직하게 인정하는 것이다. 부여잡으려는 마음은 던져버려라. 그리고 다른 것으로 마음을 돌려라.

끈기 있게 해야 할 일과 억지로 부여잡고 있는 일을 구분해야지.

사랑은 언제나 용서하며

Forgiveness is the most tender part of love.

존 셰필드 John Sheffield

용서는 사랑의 가장 온화한 부분이다.

다정한 손길이나 속삭임 그리고 관대함을 비롯해 사랑은 온화함이 깃들어 있다. 사랑의 온화함 중에서도 가장 감동적인 것은 용서의 힘이다. 마음에 상처를 입고 물러서거나 복수심이 끓어오를 때라도 폭력 대신 용서하는 것, 이것이 사랑을 영원하게 한다.

사랑은 키우고 가꾸어야 해. 그와 함께 용서하는 법도 익혀야겠다.

일하기 싫을 때

Every job has drudgery…
The first secret of happiness is the recognition of this fundamental fact.

M. C. 맥킨토시 M. C. McIntosh

어느 직장이나 하기 싫은 일이 있다.
행복의 첫째 비밀은
이 기본적인 사실을 인정하는 것이다.

일은 일일 뿐인 경우가 간혹 있다. 매일같이 반복되는 많은 일들이 있다. 집안일, 업무, 서류 처리, 파일 정리 등등. 맡은 일이 모든 면에서 좋을 수는 없겠지만 그래도 다행히 내게는 일을 즐길 선택권이 있다. 중요한 것은 내가 맡은 자리가 내게 적합한지, 고역스러운 부분은 무엇인지를 분별하는 것이다.

이 일이 내게 맞는지, 어려운 일 때문에 직장에 다니기 싫은 건 아닌지 따져보자. 어떤 일이나 직장이라도 참고 견뎌야 하는 어려움은 있어.

두렵다고 웅크리지 마라

Anything I've ever done that ultimately was worthwhile…
initially scared me to death.

베티 벤더 Betty Bender

나중에야 그만한 가치가 있었다는 것을 깨달았지만,
처음 시작할 때는 모든 것이 나를 두렵게 했다.

미지의 그 무엇에 대한 막연한 두려움이라면 웅크리지 말고 어깨를 펴라. 누구나 새로운 것을 시도할 때 두려움을 느낀다. 그래도 누구나 용기를 내어 그 일에 뛰어들고, 그 일을 해낸 후 기쁨을 만끽했을 것이다. 중대한 변화거나 낯선 사람과 만날 때 조마조마해지는 것은 정상적인 현상이다. 오히려 그것이 가치가 있는 일이라는 사실을 명심하고 한 걸음 나아가라. 한 번 성공할 때마다 그만큼 더 용감해진다.

돌아보니 오늘, 불안하고 두렵기도 했지만 내가 받아들인 것들은 내게 새로운 기회가 되어주었어. 그리고 내일, 더 새로운 세상과 만나고 싶다.

기도하기 전에 실천하라

Trust in Allah, but tie your camel.

아랍 격언

알라신에 의지하되 타고 갈 낙타는 단단히 매라.

우리는 기도로 신에게 모든 근심을 털어놓으며 호소한다. 우리를 지켜주는 어떤 미지의 힘이 있다는 것은 우리의 마음을 평화롭게 해준다. 그러나 신의 존재를 자신의 무책임하고 나태한 행동에 대한 변명으로 삼아서는 안 된다. 자신의 삶에 적극적으로 임하고, 자신이 한 행동과 맡은 일은 자신이 책임질 줄 알아야 한다.

기도로 모든 근심을 털어내더라도 내가 할 수 있는 일은 묵묵히 실천하자.

흠 없는 사람은 없다

Two persons cannot long be friends if they cannot forgive each other's little failings.

장 드 라브뤼예르 Jean de La Bruyre

서로 사소한 약점을 용서해줄 수 없다면
그 어느 누구도 오래 친구 사이를 유지할 수 없다.

그 누구도 완벽한 사람은 없다. 그럼에도 상대방이 완벽하기를 기대한다. 결점을 알고 나서도 가까운 사이로 남을 수 있을까? 내게 결점이 있다는 것을 알고도 그들이 나와 가까이 지내려고 할까? 가볍게 알고 지내는 사람들이나 직장 동료에게는 흠 없는 모습만 보여줄 수 있을 것이다. 그러나 가까운 사이일수록 좋은 점은 물론 나쁜 점도 똑같이 보여주고 받아줄 수 있어야 한다.

내 친구들이 완벽하지 않다는 것을 알지만, 그건 나도 마찬가지야. 그럼 내가 먼저 그들의 결점을 포용해주어야 해.

자투리 시간을 활용하라

Guard well your spare moments. They are like uncut diamonds. Discard them and their value will never be known. Improve them and they will become the brightest gems in a useful life.

랠프 월도 에머슨 Ralph Waldo Emerson

자투리 시간을 잘 챙겨라.
자투리 시간은 다이아몬드 광석 같아,
버리면 그 가치가 영영 묻혀버린다.
그 대신 잘 닦아 가꾸면 유용하게 쓸 수 있는,
가장 빛나는 보석이 된다.

가족이 깨어나기 전 고요한 새벽 시간, 커피 한잔의 여유, 차를 기다리는 시간, 직장에 일찍 도착해 남는 시간, 저녁 식사 후 휴식 시간……. 이런 자투리 시간을 어떻게 활용하고 있는가? 그 시간에 명상을 할 수도 있고, 책을 읽거나, 고독을 즐길 수도 있다. 무엇을 하더라도 남는 시간을 의미 있게 활용함으로써 삶은 보다 풍요로워진다.

남는 시간을 그저 빈 시간이 아니라 나를 살찌우는 시간으로 삼아야지.

몸을 학대하지 마라

Our own physical body possesses a wisdom which we who inhabit the body lack.
We give it orders which make no sense.

헨리 밀러 Henry Miller

우리 신체는 그 신체를 지니고 사는 우리에게 부족한
지혜를 가지고 있다.
우리는 앞뒤가 맞지 않는 명령을
우리 신체에게 내린다.

몸에 지나친 요구를 할 때가 있다. 잠을 건너뛰거나, 제대로 챙겨 먹지 않거나, 해로운 환경에 오래 있거나, 운동을 소홀히 하거나, 지나치게 무거운 것을 들거나 하는 경우가 그렇다. 이런 것은 건강을 해치거나 부상을 초래할 수도 있다. 몸이 바라는 것은 명백하다. 충분한 영양 섭취, 쉴 곳, 돌봄, 휴식, 그리고 움직임이 그것이다. 이것이 균형 잡힌 삶도 가져다준다는 것은 놀랄 일이 아니다.

건강을 유지하기 위해 내 몸이 필요로 하는 것을 지켜주고, 내 몸의 신호에 주의를 기울이며 살아야겠다.

일해야 하는 시간

Talk doesn't cook rice.

중국 격언

입으로 밥을 지을 수는 없다.

꿈을 꾸어야 할 때가 있는가 하면 영감이 필요할 때, 혹은 가능성을 토론해야 할 때가 있다. 그러나 그 어떤 아이디어도 실천할 때에야 비로소 결실을 맺을 수 있다. 창의성이 무성하게 자라도록 하는 가운데 일상의 기본적인 필요를 챙기는 것을 잊지 말아야 한다.

창의력, 실용성, 사회생활, 직장생활, 휴식을 비롯해 내게 필요한 것들 사이에 균형을 이룰 수 있어야 한다. 여기서 중요한 것은 모든 것에는 적절한 때가 있음을 깨닫는 것이다. 계획을 의논해야 할 때가 있고, 입을 다물어야 할 때가 있고, 일을 시작해야 할 때가 있다.

일할 때와 쉴 때를 알고 일하고 쉬는 것. 이건 나를 살찌우는 삶이야.

사랑보다 큰 것은 없다

A baby is born with a need to be loved—and never outgrows it.

프랭크 A. 클라크 Frank A. Clark

아기는 사랑받아야 할 필요를 안고 태어나며,
아무리 자라도 이 필요에서 벗어나지 못한다.

누구나 사랑하고 사랑받도록 태어났다. 이것은 심오하고도 필수적인 조건이다. 그러나 때때로 누군가를 험담하곤 한다. 그를 모자란 사람으로 여긴다. 그렇다면 내게는 모자란 부분이 없는가? 성숙이란 필요로 하는 것을 감추는 능력인가?

눈을 크게 뜨고, 보다 많은 사랑을 주고받을 수 있는 방법을 찾아보라. 우선 나 자신부터 사랑하며 성장해야 한다. 내 한계를 다치지 않더라도 얼마든지 다른 사람을 사랑할 수 있다.

나는 아무리 자라도 사랑이 필요하다는 것에서 벗어나지 못하고, 내 주변 사람들도 그렇다는 사실을 잊지 않을 거야. 그리고 그 사실을 존중할 거야.

자연은 서두르지 않는다

Nature does not hurry, yet everything is accomplished.

노자

> 자연은 서두르는 법이 없건만,
> 그래도 삼라만상은 제 할 일을 다 해낸다.

식물은 싹이 나서 자라고 계절에 반응하며 열매를 맺는다. 동물은 새끼를 낳아 기르고 겨울에 식량을 비축한다. 다른 유기물들도 스트레스를 경험한다. 하지만 인간처럼 쉽게 스트레스를 받고 오랫동안 그에 시달리지는 않는다. 인간은 계절을 인식할 수 있을 뿐만 아니라 고도의 지성도 지니고 있다. 그럼에도 인간은 지성이 본능에 지배받도록 내버려둔다. 마감 시간이라는 인위적인 다급함이 자신을 서두르게 내버려둔다. 그럴수록 자연에서 힌트를 얻어라.

바쁠 때는 더 바쁜 일을 더하기보다는 오히려 숨을 깊이 들이마시는 게 현명해.

행복은 내 안에 있다

Happiness belongs to those who are sufficient unto themselves. For all external sources of happiness and pleasure are, by their very nature, highly uncertain, precarious, ephemeral and subject to chance.

아르투르 쇼펜하우어 Arthur Schopenhauer

행복은 자급자족할 수 있는 사람의 것이다.
외부에서 찾은 행복과 즐거움의 원천들은 모두
그 본질상 불확실하고 불안정하고
허무하고 무상하게 변화하는 것이기 때문이다.

우리는 모두 서로가 서로에게 의존한다. 따라서 인간관계는 무척 중요하고, 기쁨의 원천이기도 하다. 그러나 다른 사람에게 지나치게 의존하는 나머지 그들이 나를 행복하게 해주기를 기다릴 필요는 없다. 행복한 사람은 주변 상황에 상관없이 언제든 기쁨으로 빛난다.

대화, 이벤트 혹은 즐거운 활동에서 즐거움을 느끼기는 하지만, 진정한 행복은 내 안에 있음을 잊지 말자.

남 탓은 하지 마라

When you blame others, you give up your power to change.

화자 미상

다른 사람 탓만 하는 것은
자신의 변화 가능성을 포기하는 것이다.

뭔가를 망쳐 놓았을 때 그 책임을 내가 짊어지는 것은 속상하지만, 그것은 반드시 해야 하는 일이다. 특히 그것이 자신의 나쁜 습관이거나 여러 번 저지른 실수일 경우에는 더더욱 그렇다.

잘못된 일에 따른 내 책임을 외면하거나 다른 사람을 탓하면 당장은 마음이 편하다. "저 사람 말만 듣고 하다 보니……" 하는 말은 끝에 가서 "나는 아무 잘못 없어"로 이어지고, 그 결과 그 경험에서 아무것도 배우지도 성장하지도 못하게 된다. 남 탓을 하거나 책임을 외면하다 보면 제자리에만 머물고 만다.

다른 사람을 탓하기보다 내 실수를 인정하고, 그것을 경험삼아 나를 바꾸도록 노력할 거야.

소박한 삶의 소중함

I believe that a simple and unassuming manner of life is best for everyone, best both for the body and the mind.

알베르트 아인슈타인 Albert Einstein

소박하고 꾸밈없이 사는 자세는
모든 사람에게 가장 좋고,
몸과 마음에 가장 좋다고 믿는다.

좋은 음식, 안락한 가정, 믿을 수 있는 친구들, 만족스러운 직장. 따지고 보면 우리는 기본적인 필요를 가진 단순한 창조물이다. 우리는 이런 필요한 것들의 리스트를 확장해서 오히려 일을 복잡하게 만들기도 한다. 몸을 방치해 두었다가 특별한 치료를 받는 경우가 그렇다.

삶의 속도에 '일시 중단' 버튼을 누를 때 비로소 집에서 요리한 식사를 음미할 수 있고, 친구와 더불어 숲길을 산책하는 것에서 즐거움을 발견할 수 있다. 그로써 이처럼 꾸밈없이 소박한 것이 얼마나 아름답고 소중한지 깨닫게 된다.

복잡한 일에 매달리기보다는, 먼저 내 삶을 보다 단순하고 소박하게 하는 방법을 찾아지.

필요한 말만 하라

True eloquence consists of saying all that should be said, and that only.

프랑수아 드 라로슈푸코 François de La Rochefoucauld

훌륭한 화술은 필요한 말만 골라
빠짐없이 다 하는 것이다.

누구나 말하고 싶어 입이 근질거린 경험이 있을 것이다. 어떤 사안을 더 많이 말하고 싶어진다. 그러나 그것은 대체로 불필요한 일이다. 직장에서나 일상에서나 가장 인상에 남는 의사소통은 간단명료한 것이다. 장식할 필요가 없다. 실제로 사람들은 거창하게 꾸민 말일수록 멀리하고 싶어한다.

내 말의 핵심을 전달하려고 말을 많이 하거나, 미사여구를 쓰거나, 사족을 달 필요는 없어.

오늘은 어제가 아니다

Regret for time wasted can become a power for good in the time that remains, if we will only stop the waste and the idle, useless regretting.

아서 브리즈번 Arthur Brisbane

허비한 시간을 후회하는 것은 앞으로 남은 시간을
보다 잘 쓰도록 하는 힘이 될 수 있다.
나약하고 쓸모없는 후회와 허비하는 태도를
중단하기만 한다면.

마라톤 선수가 달리다가 비틀거렸다고 해서 더 이상 뛰기를 멈추다면? 그것은 누가 보더라도 난센스다. 부상을 입지 않았다면 제 페이스를 찾아 계속 달릴 것을, 앞으로는 좀 더 조심할 것을 기대할 것이다. 허비한 시간 때문에 후회하는 것 자체가 시간을 허비하는 짓이다. 시간을 허비했음을 깨닫는 즉시 그 시간을 인정하고 다시는 그런 일이 일어나지 않도록 방법을 찾고, 하던 일을 계속하는 것이 최선이다.

시간을 허비할 때가 있기는 하지만 그렇다고 그것에 파묻혀 허우적거리지는 말자.

기쁘게 해주기

We cherish our friends not for their ability to amuse us,
but for ours to amuse them.

에벌린 워 Evelyn Waugh

누군가가 나를 즐겁게 해줄 수 있기 때문이 아니라
내가 누군가를 즐겁게 해줄 수 있기 때문에
우리는 친구를 소중히 여기게 되는 것이다.

친구가 웃기는 말이나 재미있는 행동을 하면 즐겁지만, 그보다
더 만족스러운 것은 내가 하는 행동으로 친구가 유쾌하게 웃는 것이다. 친
구의 눈이 반짝이는 것을 볼 때, 그리고 그 반짝임이 나 때문임을 알 때 얼
마나 기분 좋은 일인가.

내게는 다른 사람의 기분을 밝게 해주고 웃게 해주는 능력이 있어. 그 능력을 결코 헛되게 하
지 않을 거야.

그보다 먼저 챙겨야 할 것

The darn trouble with cleaning the house is it gets dirty the next day anyway, so skip a week if you have to. The children are the most important thing.

바버라 부시 Barbara Bush

집 청소를 할 때 문제는
다음 날이면 또 지저분해진다는 것이다.
그러니 필요하면 일주일쯤 건너뛰도록 하라.
가장 소중한 것은 아이들이니까.

집 모양새나 매일같이 해야 하는 자질구레한 집안일들은 인간관계에 비하면 부차적이다. 살고 즐기다 보면 어쩔 수 없이 주변이 지저분해질 수밖에 없다. 즐거움과 놀이가 있는 곳에는 찌꺼기가 생기는 법이다. 그것들은 하룻밤쯤, 혹은 일주일쯤 내버려두어도 괜찮다. 그 시간에 정말 중요한 활동을 즐길 수 있기 때문이다.

집을 깨끗하게 정돈하는 것도 좋지만, 그 때문에 사랑하는 사람을 등한시하지는 말자.

사과하고, 고쳐라

If you have behaved badly, repent, make what amends you can and address
yourself to the task of behaving better next time.

올더스 헉슬리 Aldous Huxley

그동안 나쁜 짓을 하며 살았다면 회개하고,
필요한 것은 고치고, 다음에는 똑바로 행동하라고
자신에게 타일러라.

나쁜 행동을 한 후에 하는 변명은 그 누구도 듣고 싶어하지 않는
다. 어떤 행동을 했더라도 자신의 잘못을 인정해야 한다. 사과할 것은 사과
하고, 고칠 점이 있으면 고쳐야 한다. 그 뒤로는 최선을 다해 개선된 태도로
삶에 임해야 한다. 어떤 일을 계속 곱씹는 것, 내게 상처를 준 이들의 행동
을 계속 되새김질하는 것은 비생산적이다. 그것은 앞으로 나아가지도 배
우지도 못하게 방해하는 행동일 뿐이다.

실수를 하거나 누군가에게 상처를 주었다면 즉시 시인하고 사과하자. 그 일로 나 자신을 고
문할 필요는 없어.

삶을 임하는 자세

One day, with life and heart, is more than time enough to find a world.

제임스 러셀 로웰 James Russell Lowell

전심을 다해 보낸 하루는 세상을 발견하는 데
충분하고도 남는 시간이다.

탐험하고 기대하는 자세로 오늘을 보낸다면 어제까지 보지 못했던 경이로움을 발견하게 될 것이다. 세상은 멋진 경험, 기회, 아이디어로 넘쳐난다. 해야 할 일은 눈을 크게 뜨고 손을 활짝 펴 이것들을 받아들이는 것이다.

최선을 다해 오늘을 살자. 그러면 내일 아침, 세상은 경이로움으로 가득할 테니.

어제의 짐은 내려놓자

We can easily manage if we will only take each day, the burden appointed to it. But the load will be too heavy for us if we carry yesterday's burden over again today, and then add the burden of the morrow before we are required to bear it.

존 뉴턴 John Newton

그날 하루 분량의 짐만 져야 한다면
관리하기가 무척 수월하다.
하지만 어제의 짐을 오늘까지 지고
누가 시키지도 않았는데
내일 몫의 짐까지 그 위에 얹는다면
그 짐은 너무나 무거워질 것이다.

스트레스나 막막한 미래로 걱정을 쌓다 보면 그것이 나를 짓누른다. 결국에는 회환과 후회만이 가득 들어 있는 짐 가방만 남겨진다. 이는 너무나 부질없는 짓이다. 중요한 것은 오늘뿐이다. 오늘이야말로 내가 말하고, 행동하고, 변화할 수 있는 유일한 순간이다. 그 나머지는 웃음으로 덮어두는 편이 낫다.

케케묵은 짐을 계속 들쑤셔대지 말자. 오늘이야말로 내가 신경 써야 할 모든 것이니까.

더없이 소중한 순간

This—this was what made life: a moment of quiet, the water falling in the fountain, the girl's voice… a moment of captured beauty. He who is truly wise will never permit such moments to escape.

루이 라무르 Louis L'Amour

고요한 순간, 분수로 물이 떨어지는 순간,
여자 아이의 목소리……. 아름다움을 포착하는 순간.
이런 것들이 바로 삶을 구성한다.
진정으로 현명한 사람이라면 이런 순간들이
도망가는 것을 결코 허락하지 않을 것이다.

특별한 경험으로 깊은 감명을 받을 때 '존재의 순간'을 맛보게 된다. 평상시에는 별것 아닌 것들이 이때 갑자기 기적처럼 느껴진다. 영혼의 눈을 크게 뜨고 있을 때도 이런 일이 벌어진다. 큰 전환점에 서 있거나, 병을 앓고 있거나, 멀리 여행 중이거나, 자신의 정체성과 갈등하고 있을 때가 그렇다. 이런 순간이 아무 이유 없이 찾아오는 것 같더라도 더없이 소중한 시간이다.

삶이 심오해지고 나를 되돌아보게 하는 순간들에 감사하며 살자.

상대가 강하더라도

It is easier to influence strong than weak characters in life.

마고 애스퀴스 Margot Asquith

삶의 의지가 약한 사람보다
강한 사람에게 영향을 주기가 더 쉽다.

✉ 의지가 강한 사람은 위협적으로 보일 수 있지만, 그의 입지를 분명하게 알고 있다. 그 때문에 의지가 강한 사람을 설득할 때 우리는 더 큰 만족을 느낀다. 내 말에 귀 기울여 듣고 내 생각이 헛된 것이 아니라고 판단하면 그는 흔쾌히 내 의견에 동조하며 실질적인 약속을 제시한다. 태도가 모호한 사람에게 영향을 주는 것은 어렵다. 그들은 자신이 내 의견에 동조하고 있는지조차 확실하지 않을 뿐만 아니라 자기 자신도 그것을 제대로 알지 못한다.

주관이 뚜렷한 사람을 설득하려고 할 때 미리 주눅 들 필요는 없어. 오히려 줏대가 있는 사람일수록 내 의견에 동조하고 반갑게 여길 수 있어.

이처럼 놀라운 세상

I thank You God for this most amazing day; for the leaping greenly spirits of trees and a blue true dream of sky; and for everything which is natural which is infinite which is yes.

E. E. 커밍스 E. E. Cummings

이처럼 놀라운 날을 주셔서 신이여, 감사합니다.
비상하는 나무의 푸르른 혼, 푸르게 꿈꾸는 하늘,
그리고 자연의 모든 창조물, 모든 무한한 것,
모든 긍정적인 것을 주셔서 감사합니다.

자연과 마주할 때마다 자연은 기분을 북돋위준다. 이 놀라운 세상에서 인간은 얼마나 작은지 새삼 깨우친다. 우주 안에서 지구를 생각할 때 겸손해진다. 무한을 생각할 때 당면한 문제는 사소해 보이고, 모든 가능성에 마음이 열린다.

우주와 자연의 경이로움을 생각해보면 절로 감사하는 마음과 은혜로움을 느끼게 돼.

그들을 아낌없이 사랑하고,
돌아오는 사랑을
그들과 아낌없이 누리자.

September

Simplicity is the ultimate sophistication.

단순함이 최상위의 정교함이다.

껍질 밖으로 나설 때

Behold the turtle. He makes progress only when he sticks his neck out.

제임스 브라이언트 코넌트 James Bryant Conant

거북이를 보라.
거북이는 고개를 내밀어야만 앞으로 나아간다.

조그만 껍질 속에 숨어 있으면 편하고 안전하다. 이 껍질은 일상, 직장, 혹은 인연이나 습관일 수 있다. 그 껍질이 무엇이든 따스하고 편안하게 느껴진다. 그런데 초조해지는 순간을 만난다. 그동안 편하게 잘 지내왔으나 이제는 성장해야 할 때, 앞으로 나아가야 할 때가 된 것이다. 숨어 있다가 나온 거북이처럼 문 밖을 내다보자. 발을 내밀어 첫걸음을 떼어보자.

새로운 일은 리스크가 있더라도 충분히 해볼 가치가 있어.

의미 있는 습관

It is not in novelty but in habit that we find the greatest pleasure.

레몽 라디게 Raymond Radiguet

최고의 기쁨은 신기한 물건이 아니라
습관을 통해 얻어지는 것이다.

특별히 행복했던 시절을 돌이켜보면, 떠오르는 것은 거창한 것이 아닌 경우가 많다. 오히려 각별히 의미 깊고 충만했던 습관이나 일상적인 일이 떠오를 것이다. 그것은 매주 목요일마다 도서관을 찾았던 시절이었을지도 모른다. 혹은 휴가 동안 매일 먼 길까지 산책을 즐겼을 때일지도 모른다. 이러한 경험은 영혼에 양식을 준다. 이러한 경험에서 얻는 기쁨은 오래 이어진다.

지금 내게는 건강한 습관이 있고, 이 습관이 내 삶을 살찌워 준다는 것에 감사해.

기도해야 하는 이유

Any concern too small to be turned into a prayer is too small to be made into a burden.

코리 텐 붐 Corrie ten Boom

너무나 사소해서 기도로 바꿀 수 없는 근심이라면
어깨에 짊어질 짐으로 삼기에도 너무나 사소하다.

친구에게 짜증나는 일을 털어놓으면 친구는 기도하거나 명상을
해보라고 권한다. 그러면 "그 정도로 대단한 건 아니야"라고 대답한다. 불
평하는 자체가 바로 우회적인 기도다. 그 불평의 내용이 무엇이든 그것은
내게 중요한 이슈다. 이것을 마음먹고 기도로 바꾸지 못할 이유는 없다. 그
런 문제를 신중하게 받아들이고, 내 자신 또한 신중하게 받아들이며, 시간
을 내어 기도하거나 명상에 잠겨보자. 그 안에서 평온을 되찾고 근심을 떠
나보낼 수 있다. 어깨의 짐을 덜 수 있다.

어떤 일로 걱정하며 마음에 근심이 쌓일 때 명상이나 기도를 해보자.

그를 지적할 때마다

Do not remove a fly from your friend's forehead with a hatchet.

중국 격언

친구의 이마에 앉은 파리를
낫으로 쫓으려 하지 마라.

누군가와 가까운 친구 사이가 되면 그의 사소한 결점이나 별난 점이 보다 뚜렷하게 드러나 보인다. 그런데 내게는 뚜렷하게 보이는 그것이 그에게는 전혀 보이지 않는 것 같다. 그는 왜 자기가 하는 말이 얼마나 멍청한지, 얼마나 고집이 센지, 행동이 얼마나 이상한지 전혀 알지 못하는 것일까? 그것을 이야기해주고 싶은 마음이 든다. 그러나 누군가를 비판할 때는 최대한 부드러우며 신중해야 한다. 내게도 결점이나 모난 점이 있음을 알고 있지 않은가? 그럼에도 다른 사람이 그 문제를 지적할 때 부드럽게 이야기해주기를 바라지 않는가?

내 친구는 가끔 이상한 짓을 하지만, 그렇다고 그것을 비난하거나 외면하지는 말자.

그때는 바로 지금

One must learn a different… sense of time,
one that depends more on small amounts than big ones.

메리 폴 수녀 Sister Mary Paul

우리는 시간에 대한 개념을 바꾸어야 한다.
많은 시간에서 많은 것을 얻으려 하기보다
적은 시간에서 많은 것을 얻으려 해야 한다.

1   "시간이 좀 날 때……"라고 말하며 '그때'를 기다리느라 중요한 일을 미룬 적이 많을 것이다. 그때가 언제일지는 아무도 모른다. 그때가 오지 않을 수도 있다. 변화는 서서히 일어난다. 새로운 일, 모험에 시간을 내겠다고 벼르기보다는 사소한 것이라도 지금 시작하는 것이 어떨까?

새로운 것을 시작한다고 해서 많은 시간이 필요한 건 아니야. 단 십 분이라도 그것을 하기에 충분해.

스스로 자초한 일

Reduce the complexity of life by eliminating the needless wants of life,
and the labors of life reduce themselves.

에드윈 웨이 틸 Edwin Way Teale

살면서 불필요한 욕구들을 제거함으로써
삶의 복잡함을 줄여주면
사는 수고가 저절로 줄어든다.

시간이나 재원을 과다하게 지출함으로써 스트레스를 자초하는 경우가 얼마나 많은가? 큰 물건을 장만하느라 가불을 하다 보니 시간 외 근무를 해야 할 때도 있고, 저녁 시간에 볼일이 많다 보니 가족과 보내거나 혼자 조용히 보낼 시간이 없을 때도 있다. 그것은 모두 스스로 자초한 일이다. 지금까지 시간을 빼앗아 가던 것들에 단호해져라.

내 삶을 구조조정하자. 분수에 맞게 잘살고 더 행복해질 수 있는 방법은 충분히 있으니.

신발이 닳았을 때

When you have worn out your shoes, the strength of the shoe leather has passed into the fiber of your body. I measure your health by the number of shoes and hats and clothes you have worn out.

랠프 월도 에머슨 Ralph Waldo Emerson

오늘 하루가 신발이 닳도록 분주했다면
그 신발 가죽의 힘이
당신의 몸 속 섬유질로 흘러들어간 것이다.
나는 당신이 닳아 없앤 신발, 모자, 그리고
옷의 숫자로 당신의 건강을 측정한다.

이 세상에 사는 동안 반드시 명심해야 할 것이 있다. 그것은 우리의 몸이 세상과 밀접하게 상호작용할 때 최선의 상태를 유지할 수 있다는 사실이다. 이것은 손발을 약간 더럽힐 의향이 있을 때만 가능하다. 세상에 몸을 완전히 내놓는 과정은 정신이나 신체 건강에 기적을 일으킬 수 있다.

산에 오르고 달리는 과정에서 내가 딛는 발걸음은 내게 즐거움과 더불어 건강까지 안겨줘.

절제의 즐거움

Be moderate in order to taste the joys of life in abundance.

에피쿠로스 Epicurus

삶의 기쁨을 넉넉히 맛보려면
적당할 줄 알아야 한다.

아무리 좋아하는 것이라도 절제할 줄 알아야 한다. 아이스크림을 작은 용기에 담아 먹거나, 게임을 가끔씩만 하거나, 먼 곳으로 특별한 여행을 떠나거나, 친구의 생일날 근사한 저녁식사를 대접하거나, 어느 오후 낚시를 하러 가는 것처럼 매일 할 수 있는 일이 아닌 특별한 활동을 할 때 그 즐거움에 더 민감해진다. 적당한 태도는 보다 맑고 다양한 경험을 가져다줄 수 있다.

적당히, 지나치지 않게, 그 일에 너무 빠져들지 않게.

한 번에 하나씩

There is time enough for everything in the course of the day if you do but one thing at once; but there is not time enough in the year if you will do two things at a time.

체스터필드 Lord Chesterfield

> 한 번에 하나씩 차근차근 해나간다면
> 하루 안에 모든 것을 처리할 시간은 충분히 있다.
> 그런데 한 번에 두 가지씩 해내려고 하면
> 일 년이라도 시간이 모자란다.

개를 데리고 산책하면서 핸드폰으로 통화하고, 그러면서 머릿속에는 집에 가서 해야 할 일이 가득 차 있었던 적이 있는가? 이런 삶이 오히려 삶을 서두르게 하고 지치게 한다. 서두르고 허둥대면 삶의 초점을 잡기가 힘들다. 집중하지 못한다는 것은 실수하기 쉽다는 의미가 된다. 조급하면 당연히 불만만 쌓이고 효율도 떨어진다.

한 번에 한 가지 일을 처리하고, 그 일에만 집중하자.

힘들수록 기쁨도 크다

Life affords no higher pleasure than that of surmounting difficulties.

새뮤얼 존슨 Samuel Johnson

골이 깊으면 산이 높듯이
인생살이의 고난이 쌓일수록 기쁨도 그만큼 더 깊어진다.

하루 목표든 일 년 목표든, 그것을 향해 나아가다 보면 예측하지 못했던 장애물에 부딪히게 마련이다. 때로는 다른 것을 하는 것이 더 수월할 것 같은 생각도 든다. 그러나 크나큰 만족은 포기하지 않고 도전을 극복하는 것에서 얻을 수 있다. 힘들여 얻은 성취는 축하받아 마땅한 일이다.

내게는 도전을 헤쳐 나갈 수 있는 능력과 에너지가 충분해.

도전에 직면했다면

Times of stress and difficulty are seasons of opportunity when the seeds of progress are sown.

토머스 F. 우드록 Thomas F. Woodlock

스트레스와 고난의 시간은
진보의 씨앗을 뿌리는 기회의 계절이다.

인생살이가 순조로울 때는 일상을 바꿀 필요가 없다. 그러나 도전에 직면했다면 그 순간은 그동안 대수롭지 않게 여겼던 것들을 다시 생각해야 할 때다. 삶을 재검토하다 보면 당면한 위기와 직접 관련된 문제에만 머물지 않고 인생의 전반적인 요소까지 들여다볼 수 있게 된다. 그로써 정신과 행동을 새롭게 하기도 쉬워진다. 보다 적극적으로 귀를 기울이고 다양한 방법을 시도해 볼 수 있다. 그로써 진정한 진보가 시작된다.

지금 겪고 있는 어려움을 내게 변화와 건강한 삶을 찾을 수 있는 기회로 삼아야지.

평화는 시련 뒤에 온다

In truth, to attain to interior peace, one must be willing to pass through the contrary to peace.

스와미 브라마난다 Swami Brahmananda

내면의 평화를 얻으려면 평화의 반대 상황을
기꺼이 헤쳐 나갈 각오를 해야 하고, 그것은 진리다.

사랑하는 사람을 잃었거나, 중한 병을 이겨냈거나, 일을 망친 경험 등등 좌절의 시기와 마주했을 수 있다. 그러나 그 시련을 이겨내고 새롭게 출발하는 것은 삶의 모든 부분을 새롭게 바라보는 계기가 된다. 그런데 극단적인 시험에 들지 않고도 삶을 새롭게 보는 시간을 가질 수 있다. 보상은 반대편에 있음을 알고, 평화의 반대 상황을 받아들이는 자세를 갖추는 시간이 그때다.

평화로운 마음을 뒤흔들어놓았던 시절이 있었지만 그런 시간들에 감사하자. 그 시간이 나를 더 깊고 견실하게 해주었으니까.

사랑의 본질

Love, by its very nature, is unworldly, and it is for this reason rather than its rarity that it is not only apolitical but anti-political, perhaps the most powerful of all anti-political human forces.

한나 아렌트 Hannah Arendt

사랑은 본질적으로 비세속적이며,
그 희소성보다는 이 비세속성으로 인해
사랑은 또한 반정치적이고 비정치적이며,
어쩌면 모든 반정치적인 인간 권력 가운데
가장 강력한 것일지도 모른다.

♡　　정치적 활동은 지위, 영향력과 관련되어 있다. 그와 달리 사랑은 다른 사람의 행복이 주된 관심이다. 사랑은 정치적인 이득의 시선에서는 정당화될 수 없는 결정을 내린다. 사랑은 지금 당장의 보상을 희생하고, 자신에게 필요한 것은 옆으로 제쳐둔다. 사랑은 현재 순간을 알 뿐이며, 닳아 없어질 것을 전혀 염려하지 않는다.

다른 사람과 사귀고 어울리면서도 기꺼이 사랑을 베풀 거야.

소중한 사람들

The great difference between voyages rests not in ships but in the people you meet on them.

아멜리아 버 Amelia Burr

각 항해마다 차이가 나는 것은 배 때문이 아니라
배 안에서 만난 사람들 때문이다.

알고 지내는 사람들은 저마다 독특한 개성을 갖고 있어서 내 인생 항로에 영향을 준다. 이들과 함께하는 경험들 중 어떤 것은 부담 없이 가볍고 즐겁기만 하고, 어떤 것은 명상을 하듯 묵직하고 심오하다. 이처럼 직장 동료나 가까이에 있는 사람들과 더불어 각각 독특한 경험을 만들어 간다.

새로 알게 된 사람이나 오랫동안 함께 지내온 이들과의 경험을 기꺼이 받아들이고 소중하게 여기자.

신념이 시키는 일

It is faith, and not reason, which impels men to action…
Intelligence is content to point out the road, but never drives us along it.

알렉시 카렐 박사 Dr. Alexis Carrel

인간으로 하여금 행동하도록 재촉하는 것은
이성이 아니라 신념이다.
지성은 가야 할 길을 가르쳐주는 데 만족할 뿐,
결코 우리를 그 길로 내몰지는 않는다.

더 많이 안다고 해서 앞으로 나아가는 데 더 도움이 되는 것은 아니라는 사실을 깨닫곤 한다. 전진은 신념에 찬 발걸음을 내딛을 때 시작된다. 그 과정에서 처음 내딛은 발걸음은 신념을 더 튼튼하게 해준다. 근육처럼 신념도 사용할수록 더 강해진다.

무언가 막혀 있는 게 있다면 지금 당장 신념을 갖고 그 일에 부딪쳐보는 거야.

웃음이라는 선물

I love myself when I am laughing.

조라 닐 허스턴 Zora Neale Hurston

내가 소리 내어 웃을 때
나는 나를 사랑한다.

♡ 　　웃음은 나를 사랑하는 이유이자 결과다. 분위기를 밝게 해주고 내 내면도 변화시킨다. 힘들 때는 따스한 위안을 주고, 행복할 때는 기쁨을 더해준다. 웃음 속에서 더 큰 만족을 찾으며, 나 자신, 다른 사람, 그리고 현실에 대한 더 큰 희망과 기쁨도 얻게 된다.

웃음이라는 선물을 나는 감사하게 여겨. 그리고 그 선물을 다른 사람들과 함께 즐길 거야.

신념이 있는가

Faith is a sounder guide than reason. Reason can go only so far,
but faith has no limits.

블레즈 파스칼 Blaise Pascal

> 신념은 이성보다 더 든든한 길잡이다.
> 이성은 한계가 있지만, 신념은 무한하다.

희망을 실현하거나 맡은 업무를 추진하기 위한 세부적인 사항을
결정할 때 우리는 이성을 따른다. 그러나 그 첫걸음을 떼도록 하는 촉매제
는 신념뿐이다. 여정을 떠나게 하는 특별한 불씨는 이성이 아닌 신념만이
틔울 수 있다.

신념이 속삭이는 목소리에 귀를 기울여야지. 그로써 뜻밖의 가능성을 찾고, 그 가능성을 기
꺼이 맞이해야지.

기적은 작은 것에서부터

I long to accomplish a great and noble task,
but it is my chief duty to accomplish small tasks as if they were great and noble.

헬렌 켈러 Helen Keller

나는 위대하고 고귀한 임무를
완수하기를 열망하지만,
내 주된 의무는 작은 임무라도
위대하고 고귀한 듯 완수해나가는 것이다.

🍅 "새로운 각오로 늘 하던 일을 추진하라." 용감하고 존경스러운 사람으로부터 이런 말을 들으면 용기를 얻고 겸허해진다. 그런데 정말 이 조언이 하는 일을 얼마나 향상시켰는가? 위대한 가능성이 내 앞에 펼쳐지기를 바란다면 작은 일도 영예로 여기며 헌신하겠다는 자세로 받아들여야 한다. 작은 모험이라도 배우고 익히며 헤쳐 나갈 때 그보다 더 큰 것을 받아들일 준비가 되고, 그 과정에서 위대한 의미를 깨닫게 된다.

내가 책임지고 있는 일들 중에는 중대한 것도 있고 사소한 것도 있어. 그 일이 어떤 것이든 나는 한결같은 자세로 완수해나갈 거야.

사랑할수록 청춘이다

Age does not protect you from love but love to some extent protects you from age.

진 모로 Jeanne Moreau

나이는 우리를 사랑으로부터 지켜주지 못하지만,
사랑은 우리를 나이로부터 어느 정도 지켜준다.

사랑은 나이에 상관없이 전혀 기대하지 않았던 때 불쑥 찾아와 마음의 문을 두드린다. 그때 숨기에 바쁜 사람은 "사랑하는 재주를 키우려고 애쓰는 건 바보들이나 하는 짓"이라고 말한다. 사랑은 시도했다가 상처를 받으면 금방 늙는다고 말한다. 반면에 사랑이 왔을 때 당당하게 나서는 사람은 청춘을 되찾은 듯한 기분을 만끽한다.

내가 아는 이들과의 인연 속에서 사랑은 나를 늘 생기 넘치게 해줘.
그건 너무도 감사한 일이야.

생각을 가지치기할 때

If we are not responsible for the thoughts that pass our doors, we are at least responsible for those we admit and entertain.

찰스 B. 뉴콤 Charles B. Newcomb

내 집 문을 열고 들어오는 생각들은 어쩔 수 없어도,
최소한 이 생각을 맞아들이고 접대해준 책임은
스스로 져야 한다.

별것 아닌 것 같아 보여도 실상은 중대한 창의적인 발상에 해당하는 아이디어가 있다. 이런 생각을 잘 갈고 다듬으면 새롭고 이로운 것을 시도하는 계기가 될 수 있다. 그리고 어떤 생각은 생각으로 끝내는 것이 좋다. 자신 혹은 다른 사람들에게 해가 되거나 비생산적인 생각은 무시해버려야 한다.

마음속에 어떤 생각을 맞아들이고 대접할지 신중해지자.

자신을 믿어라

As soon as you trust yourself, you will know how to live.

요한 볼프강 폰 괴테 Johann Wolfgang von Goethe

자기 자신을 믿는 순간,
어떻게 살지 알게 될 것이다.

일상에서 겪는 긴장과 스트레스의 상당 부분은 자신의 불확실성에서 기인한다. 선택을 제대로 한 것인지, 맡은 업무를 과연 제대로 해낼 것인지 확신을 갖지 못한다. 실수할까 봐 겁을 먹기도 한다. 현명한 선택을 내릴 능력이 있다고 자신을 믿을 때 결심이 쉬워진다는 사실을 명심하라. 그로써 인생이 재미있어질 것이다. 자신을 혹독하게 감시하고 감독하는 것을 그만두어라. 모든 것을 자유롭게 시도할 때 가야 할 길이 분명해진다.

나는 내 판단과 능력을 신뢰해. 앞으로 큰 결정을 내려야 할 일이 있지만, 나는 이 결정을 내리는 데 필요한 모든 걸 갖추고 있어.

단호하게 맞서라

Self-respect is the fruit of discipline; the sense of dignity grows with the ability to say "no" to oneself.

아브라함 요슈아 헤셸 Abraham Joshua Heschel

> 자아 존중은 수련의 열매이며, 존엄은 자신에게
> "아니오"라고 말할 수 있는 능력과 더불어 자란다.

영적인 여정에서 자신과 싸워야 할 때가 있다. 상충되는 욕망과 희망으로 인해 마음이 혼란해지거나 낙담하기도 한다. 내가 바라는 것이 무엇인지, 나는 어떤 존재인지 확신이 서지 않는 한 결단을 내리는 것은 롤러코스터처럼 마음을 어지럽힌다.

몸과 마음의 평정이 자라고 성숙해질 때 자질구레한 생각이나 충동을 단호하게 거부할 수 있는 것이 얼마나 큰 해방감을 가져다주는지를 깨닫게 된다. 자신에게 실망감을 안겨주지 않고도 엉뚱한 생각에 단호해질 때 평온함 속에서 여정을 계속할 수 있다.

내가 어떻게 행동할지 현명하게 선택할 수 있고, 아닌 것은 단호하게 아니라고 말할 수 있어.

깊은 지혜

There is deep wisdom within our very flesh,
if we can only come to our senses and feel it.

엘리자베스 A. 벵크 Elizabeth A. Behnke

몸 안에 깊은 지혜가 들어 있지만,
정신을 똑바로 차리지 않는 한 느낄 수 없다.

현대 사회를 사는 우리는 바쁜 업무와 스케줄로 허둥대며, 눈앞에 있는 것에만 매달려 산다. 마감 시간에 쫓기는 포로처럼 하루하루를 살아간다. 단단한 각오로 몸이 하는 이야기에 귀를 기울여라. 매일같이 선택과 창의적 결단력이 요구되는 지금이야말로 그 어느 때보다도 직관을 따르는 것이 중요하다.

이성적인 판단만으로는 뭔가 부족할 때,
내 몸에 귀를 기울여 몸이 원하는 대로 순순히 따르자.

내일의 꿈은 오늘부터

Begin to be today what you want to be tomorrow.

성 제롬 Saint Jerome

내일 되고자 하는 것을 오늘부터 시작하라.

습관이 몸에 붙거나 기술을 통달하려면 시간이 걸린다. 되돌아보면 예전에 내 몸에 밴 습관이나 내가 내렸던 선택이 지금까지도 영향을 주고 있다는 사실을 알 수 있다. 삶을 바꾸고 싶은가? 그렇다면 자신의 대서사시를 오늘부터 써라.

좀 더 강인한 성격, 남보다 뛰어난 재주를 바라는가? 지금 당장 시작할 수 있는 어렵지 않은 일이 있다. 행동의 씨앗을 뿌리면 그 자리에 뿌리가 내리고 성장하기 시작해 장차 거대한 숲을 이룬다. 이것은 작은 일이라도 시작하는 이들에게만 가능하다.

지금까지 미루어 왔던 꿈을 더 이상 내일로 미루지 않을 거야.

당장 시작하라

The first step binds one to the second.

프랑스 격언

첫 번째 발걸음은
우리를 두 번째 발걸음에 동여맨다.

가장 어려운 부분은 시작이다. 방향을 선택하고 첫걸음을 내딛는 일은 어렵고 힘들다. 그러나 그 다음부터는 무엇을 어떻게 해야 하는지 쉽게 알 수 있다. 코스를 조정하는 일도 그 일을 시작한 뒤에야 쉬워진다.

첫 발걸음은 항상 제일 힘든 발걸음이지만, 일단 내딛으면 자신감이 붙고, 다음에 내딛어야 할 걸음은 훨씬 분명해질 거야.

행복을 선택하라

Happiness is a conscious choice, not an automatic response.

밀드리드 바델 Mildred Barthel

행복은 의식적인 선택이지 자동 응답이 아니다.

우리는 행복이 외부에서 찾아오는 것이라고 믿고 싶어 한다. 어떤 일로 행복을 느낄 때는 그것이 사실인 것처럼 보인다. 하지만 기쁨은 우리 자신이 선택한다. 주변에서 어떤 일이 벌어질 때 그것을 보고 기뻐할지는 자신이 선택할 문제다. 행복이 의식적인 선택임을 깨닫는 순간, 행복이 습관으로 바뀌고 몸에 밴 태도로 바뀔 수 있다.

지금 행복하기를 선택하자.

단순함이 정교함이다

Simplicity is the ultimate sophistication.

레오나르도 다 빈치 Leonardo da Vinci

단순함이 최상위의 정교함이다.

어떤 것은 반드시 이래야 한다는 생각에 사로잡히면 그것이 다르게 될 수 있다는 사실을 놓치게 된다. 도전에 직면하면 한 걸음 뒤로 물러나, 지나쳐버린 간단한 해답이 없었는지 찾아보라.

복잡하고 어렵다고 생각한 것이 그 일을 그렇게 만든 거야.

무엇이 되고 싶은가

First say to yourself what you would be, and then do what you have to do.

에픽테토스 Epictetus

> 먼저 어떤 사람이 되고 싶은지 자문하라.
> 그 뒤에 해야 할 일을 하라.

생각 없이 일을 더 만들지 말라. 거울을 바라보며 자문해보라. '나는 과연 어떤 사람이 되고 싶은가?' 바라는 그 모습을 가슴에 품어라. 그런 다음, 그 새로운 자아를 향한 여정에 오르기 위해 지금 해야 할 것을 결심하라.

내가 어떤 사람이 될지 생각하는 것은 지금 내가 어떻게 살아야 하는지 아는 길이기도 해.

부유하다는 것은

Wealth consists not in having great possessions but in having few wants.

에스더 드 월 Esther de Waal

부유하다는 것은 가진 것이 많다는 뜻이 아니라
바라는 것이 적다는 뜻이다.

☕   부유함은 상대적이다. 각 문화마다 화폐가 다르고 신분의 상징도 다르다. 어떤 사람에게는 별것 아닌 것이 다른 사람에는 큰 재산으로 보일 수 있다. 단 한 가지 보편적인 사실은 부자가 되려는 사람들은 끊임없이 무엇인가를 더 가지고 싶어하는 것처럼 보인다는 점이다.

가진 것이 많고 돈이 많아 나쁠 것은 없다. 그러나 더 갖고 싶은 욕망에 지배당하면 결코 만족할 수 없다. 진정으로 부자라고 존경받는 사람들은 소박한 것에 만족하고 그 외에 추가로 주어진 것이라면 무엇이든 감사하고 기뻐할 줄 안다.

내가 가진 것에 늘 감사하고, 왜 부족하다고 생각하는지 자문해야지.

인생이라는 교실

True wisdom lies in gathering the precious things out of each day as it goes by.

E. S. 보턴 E. S. Bouton

지혜는
하루하루를 사는 동안 그 하루가 준 귀중한 것들을
거두어 모으는 데 있다.

인생은 교실이다. 우리는 원하거나 원하지 않더라도 무엇인가를 배운다. 배우는 자세로 그것에 참여할 때 더 몰입하고 즐거워질 수 있다. 우리는 매일같이 삶이 주는 수업과 작은 보물들을 바라본다. 이해할 수 없는 문제에 대해서는 질문할 수 있다. 그 무엇보다 우리의 선생님들, 즉 다른 사람과 환경, 동물, 자연에 고마운 마음을 가질 수 있다. 소중한 선물은 사방에 있다. 우리는 단지 그 소중한 선물을 찾고 손을 내밀어 받아들이기만 하면 된다.

오늘 받은 소중한 선물에 감사하고, 오늘 배운 인생을 복습하고 예습해야지.

No one can figure out your worth but you.

자신의 값어치를 계산할 수 있는 사람은 자기 자신뿐이다.

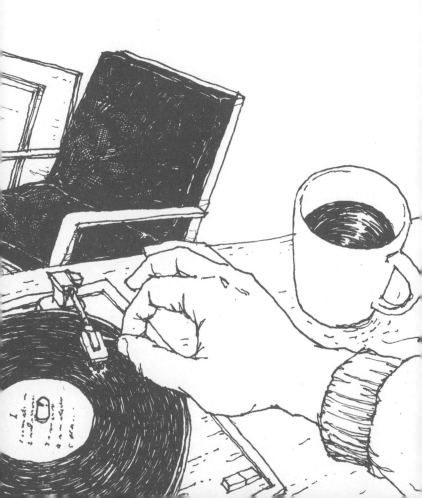

그가 나를 탓할 때

There are only two people who can tell you the truth about yoursel—an enemy
who has lost his temper and a friend who loves you dearly.

안티스테네스 Antisthenes

> 당신에게 진심어린 말을 해줄 사람은 두 부류다.
> 한 부류는 평정심을 잃은 당신의 원수,
> 다른 부류는 당신을 진정으로 사랑하는 친구다.

비판은 누구의 입에서 나오든 듣기 거북하다. 어차피 들어야만
한다면 나를 사랑하고 아껴주는 사람의 입에서 나오기를 바랄 것이다. 그
러나 어떤 사람의 입에서 나오든 내게 진심으로 해주는 말은 자제력을 갖
고 들어야 한다. 공격적이거나 방어적인 태도를 버리고 그 말을 끝까지 경
청한 후 상대방이 왜 그런 말을 했는지 생각하고 그 사실을 받아들여야 한
다. 그리고 지금 바로 처리해야 할 문제와 시간을 두고 해야 할 문제 사이
에 분명한 선을 그어야 한다. 가장 친한 사람에게서 그 말을 듣고 싶더라도.

잘난 척하는 사람의 말은 듣고 싶지 않아. 그러나 나는 성숙해져야 해. 그러므로 누구의 입에
서 나오든 간곡하게 해주는 말은 귀담아들어야 해.

적은 시간도 알뜰하게

An earnest purpose finds time, or makes it.
It seizes on spare moments, and turns fragments to golden account.

윌리엄 엘러리 채닝 William Ellery Channing

목적이 진지하면 얼마든지 시간을 만들고 찾을 수 있다.
목적이 진지하면 자투리 순간들도 끌어 모아
황금 같은 재산으로 만들 수 있다.

프로젝트를 마무리하는 단계거나, 악기를 배우는 중이거나, 가족의 큰일을 계획 중일 때, 이처럼 기분이 한껏 고조되어 있을 때는 자투리 시간을 제대로 사용할 줄 알게 된다. 내면적인 동기가 충전된 상태에서는 일과 중 자투리 시간이 나면 그 시간에 전화를 하거나, 메모를 하거나, 혹은 노래를 연습하거나 한다. 아무리 거창한 목표라도 이처럼 조그만 시간의 봉투 속에 들어갈 만큼 자잘하게 쪼개진다.

내일, 잠시라도 비는 순간을 찾아내어 나를 위한 시간으로 삼아보자.

무한한 용서

Love is an act of endless forgiveness, a tender look which becomes a habit.

피터 유스티노프 Peter Ustinov

사랑은 무한한 용서의 행위이며,
습관이 되는 따스한 눈길이다.

♡　　　아무리 내가 아끼는 사람이라도 짜증나는 결점이나 습관이 있다.
신경에 거슬리는 그런 사소한 것들을 용서하며 살고 있다. 그들도 내 모난
부분을 용서해주고 있다. 그렇게 시간이 가면 너그러워져 그것에 더 이상
신경이 거슬리지 않는다. 진실로 따스하게, 용서하기를 숨 쉬듯 하게 된다.

내 가족과 친구들의 모난 부분을 용서하자. 사랑은 사소한 결점을 덮어줄 만큼 강하니까.

베풂과 봉사는 특권

Provision for others is a fundamental responsibility of human life.

우드로 윌슨 Woodrow Wilson

이웃을 위해 베푸는 것은
인간 생활의 기본 책임이다.

🍂 　　어려운 일이 닥쳤을 때, 누군가가 자신보다는 다른 사람을 챙기며 자신의 시간이나 재원, 안전을 희생할 때 감동한다. 이런 태도를 가꾸기 위해 중대한 위기가 찾아오기를 기다릴 필요는 없다. 어디에나 고난과 고통에 시달리는 사람들이 있다. 자신이 가진 것이 무엇이든 다른 사람에게 도움의 손길을 내밀 수 있다는 것은 우리에게 주어진 특권이다. 서로 돕는 가운데 우리는 모두 외딴섬이 아님을 알게 된다. 우리는 모두 서로를 필요로 한다.

나는 어려움에 처한 이웃을 돌볼 책임과 힘이 있어. 그리고 모두가 그 사실을 알고 힘을 합치면 그들의 시련과 고통을 더 빨리 치유할 수 있어.

멘토가 되자

First, teach a person to develop to the point of his limitations and then—pfft!— break the limitations.

비올라 스폴린 Viola Spolin

> 우선 그 사람을 자신의 한계선까지
> 도달하도록 가르친 후, 그 한계선을 깨버려라.

내가 다른 사람에게 가르쳐줄 수 있는 것 가운데 가장 강력한 것은 그의 한계를 뛰어넘는 방법이다. 아이의 멘토가 되든, 동시대를 사는 누군가의 멘토가 되든, 그 누구라도 '자신의 한계를 뛰어넘을 수 있음'을 깨닫게 해주는 순간 모든 것이 달라진다. 그는 "내가 이런 걸 할 수 있을 줄은 정말 몰랐어!"라며 감격할 것이다. 이루 말로 다 표현할 수 없는 기분이며, 자신감으로 충만해진다. 그로써 우리는 세상에 자유를 좀 더 보태준 셈이다.

그가 뜻한 목표를 이루게 도와주는 건 나 역시 행복한 일이야.

운명과 자유의지

Life is like a game of cards. The hand that is dealt you represents determinism;
the way you play it is free will.

자와할랄 네루 Jawaharlal Nehru

인생은 화투 놀이 같은 것.
화투장을 돌리는 사람은 결정론을 상징하고,
그 화투장을 치는 것은 당신의 자유의지다.

겪은 일들 가운데는 외부의 어떤 힘에 의해 지휘된 것으로 보이는 것들이 있다. 당황스러운 상황에 은혜를 입고, 그 힘으로 변화를 거듭해 지금 이 자리에 선 것이다. 반대로, 내게 선택권이 있었던 순간들, 그리하여 내 의지로 행동함으로써 진정한 변화를 이룩했던 순간들도 이에 못지않게 많다.

세상에는 내가 통제할 수 없는 무엇인가가 있음을 알고 있어. 그래도 나는 내 손에 주어진 카드에 충실할 거야.

앞이 보이지 않는다면

Life is the art of drawing sufficient conclusions from insufficient premises.

새뮤얼 버틀러 Samuel Butler

인생은 불충분한 전제로부터
충분한 결론을 이끌어내는 기술이다.

✉   "어떻게 결정 내리지?", "근거가 더 필요해", "리스크가 너무 커"
이런 식으로 변명하며 결정 내리기를 주저하다 보면 기회를 놓쳐버린다.
확실한 전제가 없다면 멈춤 없이 앞으로 나아가야 한다. 확실하게 짚고 넘
어가고 싶다면 주어진 데이터를 모두 검토한 후 최선을 결정해야 한다.

완벽하기를 바라지만, 그보다 중요한 건 최선의 결정을 내리는 거야.

마음이 굳어버린 탓

We are cold to others only when we are dull in ourselves.

윌리엄 해즐릿 William Hazlitt

타인에게 냉담한 것은
오로지 자신이 둔감하기 때문이다.

다른 사람의 어려운 처지에 민감해지는 것은 내 정신 건강 상태를 측정하는 정확한 지표가 될 수 있다. 다른 사람의 어려움을 알고도 동정심을 느끼지 못하고 걱정도 되지 않는다면 마음이 굳어 있는 것이다. 무엇때문에 마음이 그토록 굳어져버린 것일까? 과로했거나, 자신이 입은 상처로 인해 지쳐버렸거나, 마음을 기쁘게 하는 일들을 그동안 등한시해왔기 때문일지 모른다. 우리 몸에 필요한 것을 공급해주지 않으면 마음에는 너무도 높은 담만 쌓인다.

어려움에 처한 사람을 냉담하게 대했다면 그건 나 자신을 제대로 돌보지 않았기 때문일 거야.

자발성

Spontaneity is the quality of being able to do something just because you feel like it at the moment, of trusting your instincts, of taking yourself by surprise and snatching from the clutches of your well-organized routine a bit of unscheduled pleasure.

리처드 이어넬리 Richard Iannelli

자발성이란 단지 그러고 싶어 뭔가 일을 저지르고,
자신의 본능을 신뢰하며, 치밀하게 짜인 일상 속에서
계획하지 않았던 즐거움을 낚음으로써
자신마저도 깜짝 놀라게 할 수 있는 특성이다.

몇 년 동안 연락을 주고받지 못한 친구에게 전화해서 커피 한잔을 하자고 이야기한다. 집을 청소하는 날, 날씨가 너무 화창해서 동네 주변을 산책하기로 한다. 이처럼 삶을 채색하고 풍성하게 해주는 의미 있는 순간들이 있다. 이런 즉흥적인 기분을 뿌리치는 대신 그것이 어떤 일탈을 요구하고 있는지 귀를 기울이고 기쁜 마음으로 거기에 응해보자.

가끔은 내게 즐길 수 있는 여유를 허락하는 것도 괜찮아.

나만을 위한 일기장

To wear your heart on your sleeve isn't a very good plan; you should wear it
inside, where it functions best.

마거릿 대처 Margaret Thatcher

속내를 드러내 보이는 것은
그다지 좋은 계획이라고 할 수 없다.
속내는 속에 둘 때 제 기능을 잘 발휘한다.

/ 깊은 곳에 숨겨 둔 생각과 나약한 마음은 값으로 따질 수 없이 소
중하다. 일기장이나 나만을 위한 서재처럼, 이것은 자신이 신뢰할 수 있는
사람들에게만 꺼내 보여주어야 한다. 이런 사람들만이 그것을 소중히 다
루기 때문이다. 해야 할 말과 해서는 안 될 말을 신중하게 가리는 것은 자
연스럽고도 적절한 처신이다.

정직한 것도 좋지만, 모두에게 모든 걸 털어놓는 것은 지나친 정직이야.

닮은 점과 다른 점

There is space within sisterhood for likeness and difference, for the subtle differences that challenge and delight; there is space for disappointment—and surprise.

크리스틴 다우닝 Christine Downing

우리 여성 자매들 사이에는
닮은 점과 다른 점을 위한 공간,
도전이 되기도 하고 기쁨을 주기도 하는
그 미묘한 다른 점을 위한 공간이 있다.
그런가 하면 실망과 놀라움을 위한 공간도 있다.

가까이 지내는 사람들과 나 사이에 다른 점이 있을 때 신경이 곤두선다. 왜 똑같지 않을까? 그러나 그 다른 점이 바로 인간관계에서 놀라움을 준다. 서로의 개성을 존중해줄 때 비로소 함께 성장한다. 또한 같은 점, 대비되는 점, 즐거움, 그리고 도전의 가치를 제대로 알아볼 수 있다.

내가 아끼는 사람들과 나 사이에는 공통점이 많고 다른 점도 많아. 이들을 현재의 모습 그대로 아낄 거야.

설교보다 필요한 것

When a person is down in the world, an ounce of help is better than a pound of preaching.

에드워드 불워 리턴 Edward Bulwer-Lytton

이 세상에 누군가 쓰러져 있을 때
일 온스의 도움이 일 파운드의 설교보다 낫다.

'저 사람들은 어쩌다 저 지경이 되었을까?' 내가 생각하기에 그것은 이런저런 원인 때문이며, 그래서 지적해주고 싶은 마음이 굴뚝같다. 이 것은 내가 안정된 생활을 하고 있다고 생각하기 때문일지도 모르겠다. 그러나 누구나 절망하고 좌절할 때가 있었다. 그때 어려움을 이겨내고 재기할 수 있게 해준 것은 내 호소에 귀 기울여주고, 나를 포용하고, 격려해주며, 조용히 도움의 손길을 내밀어주었던 사람이 있었기 때문임을 기억하라.

아는 사람들이 좌절해 있다면 그 원인이 무엇인지 따지기보다는 그의 이야기에 귀를 기울이고 따스하게 안아주자.

아이에게 가르칠 것

Giving kids clothes and food is one thing, but it's much more important to teach them that other people besides themselves are important and that the best thing they can do with their lives is to use them in the service of other people.

돌로레스 후에타 Dolores Huerta

어린이에게 옷과 음식을 마련해주어야 하지만,
자기 자신 외에 다른 사람도 중요하며,
일생 동안 할 수 있는 최고의 선행은
다른 사람에게 봉사하며 사는 것임을
가르쳐주는 것이 훨씬 더 중요하다.

어른은 어린이들에게 다채로운 활동을 격려하고, 백화점에 데려가고, 새로운 대중문화를 소개해준다. 그러나 어린이는 자기 자신에게 필요한 것과 관심사 외의 것을 보는 방법, 주변 사람들의 어려움을 알아차리는 법을 먼저 배워야 한다. 말로 설명해주거나, 행동으로 모범을 보여주거나, 그들에게 행동으로 실천할 수 있는 기회를 베풀어주어야 한다.

내 아이가 잘못했을 때 탓하기보다 내가 모범을 보여줄 거야.

교육의 필요성

Establishing lasting peace is the work of education; all politics can do is keep us out of war.

마리아 몬테소리 Maria Montessori

영원히 지속될 평화를 이룩하는 것은 교육이 할 일이다.
정치가 할 수 있는 것이라곤
우리를 전쟁으로부터 지켜주는 것뿐이다.

전쟁의 사슬을 찾다 보면 그 원인은 교육 결핍에 뿌리를 두고 있다. 외부 세상에 대한 이해와 지식이 결핍된 데 그 원인이 있다. 강대국들이 다른 나라와 평화 관계를 맺기를 진정으로 바란다면 가장 먼저 해야 할 일은 교사들을 양성해 학교를 세우고 자라는 학생들로 하여금 서로에 대해 배우고 이해하도록 가르치는 것이다.

다른 나라와 문화에 대해 배우고, 다른 사람들이 배울 수 있도록 돕자.

친구를 용서하기

It is easier to forgive an enemy than a friend.

도로시 들루지 부인 Madame Dorothee Deluzy

친구를 용서하는 것보다
원수를 용서하는 것이 더 쉽다.

정신 건강을 위해 적대적이던 사람을 용서해준다. 적대심의 포로가 되고 싶지 않기 때문이다. 하지만 믿었던 친구나 사랑하는 사람으로부터 상처를 받는 경우는 다르다. 이때는 용서하기가 어렵다. 실망감이 자꾸만 머릿속에 떠오르고 신뢰에도 금이 간다. 그렇다고 해도 여전히 그들을 용서하고 신뢰를 쌓아야 한다.

아끼는 사람에게서 상처를 받으면 용서하기가 쉽지 않아. 그러나 그와의 관계는 내게 여전히 소중해.

달력에 속지 마라

Don't be fooled by the calendar. There are only as many days in the year as you make use of. One man gets only a week's value out of a year while another man gets a full year's value out of a week.

찰스 리처드스 Charles Richards

> 달력에 속지 마라.
> 일 년이라는 시간 안에는 내가 사용할 수 있는
> 최대한의 날자 수가 다 들어 있다.
> 어떤 사람은 일 년 동안 일주일 가치만 얻고,
> 어떤 사람은 일주일이라는 시간에서
> 일 년의 가치를 얻어낸다.

어떤 사람은 일 년 분량의 일을 단 일주일 만에 해내는 이들이 있다. 너무 바쁘게 하는 것이 아닌지 의구심이 들기는 하지만, 그것은 그들이 시간을 효율적으로 사용했기 때문이다. 그들은 사소한 것을 가지고 안절부절못하거나 시간을 허비하지 않는다. 그들은 자신에게 주어진 하루하루를 뚜렷한 목적의식을 갖고 알뜰히 남김없이 사용한다.

걱정 근심, 지나친 완벽주의, 중요하지 않은 일로 시간을 허비하는 적이 있어. 내일은 이런 것들을 줄여가도록 노력해야지.

신선한 공기를 마실 때

A vigorous five-mile walk will do more good for an unhappy but otherwise healthy adult than all the medicine and psychology in the world.

폴 더들리 화이트 Paul Dudley White

우울함만 아니라면, 건강한 편인 사람에게
활기찬 오 마일 정도의 산책은
세상의 모든 약품과 심리학보다 낫다.

기본적인 치료와 현명한 사람의 조언이 필요할 때가 있다. 그러나 때때로 균형 잡는 데 가장 좋은 것은 활기차고 씩씩한 산책이다. 풀이 죽어 있거나 절망에 빠진 것은 문제에 너무 가까이 붙어 있었기 때문인지도 모른다. 몸을 움직이고 새로운 풍경을 만나는 것은 신선한 생각을 불어넣는 데 효과적인 방법이 될 수 있다.

어떤 문제에서 빠져나오지 못하고 쩔쩔맬 때 잠시 산책을 하는 것도 괜찮아.

경청의 치유력

One of the most valuable things we can do to heal one another is listen to each other's stories.

레베카 폴즈 Rebecca Falls

> 서로 치유를 위해 우리가 할 수 있는
> 가장 가치 있는 일은 서로의 이야기에
> 귀를 기울여주는 것이다.

다른 사람이 이야기할 때 잠자코 들어주는 것은 대단한 의지가 요구되는 행동이다. 하지만 그것이 그를 치유하는 데 도움이 된다. 그것은 그에게 줄 수 있는 훌륭한 선물이기도 하다.

조용히 듣고, 간혹 질문을 하면서 사연을 털어놓는 그에게 하이라이트를 잠시 양보하라. 그가 빛나도록 하라. 그는 자신의 사연을 털어놓는 가운데 스스로 답을 찾고, 새로운 사랑을 발견할 것이다.

누군가 내게 사연을 털어놓을 때 반드시 그 문제를 해결해주어야 하거나 의견을 말해줄 필요는 없어. 그의 이야기를 들어주고 진심으로 염려하면서 마음으로 함께한다는 걸 보여주는 것만으로도 충분해.

인생을 즐겨라

All animals except man know that the principle business of life is to enjoy it.

새뮤얼 버틀러 Samuel Butler

인간을 제외한 모든 동물은 알고 있다.
자신의 삶에서 가장 먼저 해야 할 일은
인생을 즐기는 것임을.

☕ 다른 피조물들도 눈앞의 생존 문제로 인한 스트레스를 본능적으로 느낀다. 그러나 근심하는 것은 인간이 유일한 것처럼 보인다. 인간은 자신이 어쩔 도리가 없는 문제나 실제로 당할 가능성이 없는 일조차 스트레스의 원인으로 만들어 속을 앓는다.

이처럼 머릿속에서 만들어낸 위협으로 인해 얼마나 많은 행복이 빼앗기고 있는지 생각해보라. 주변을 둘러보고, 내게 주어진 모든 선한 것을 감사하게 여기는 것만으로도 큰 위안이 된다. 실제로 힘든 일, 슬픈 일을 당했을 때 그 안에서 기쁨을 찾는 것이 현명한 자세다.

바로 지금 이 순간, 나는 내 삶의 모든 아름다운 것과 기쁜 것을 발견하고 경험하고 있어.

속에 응어리가 질 때

It is only by expressing all that is inside that purer and purer streams come.

브렌다 어랜드 Brenda Ueland

속에 있는 것을 모두 털어내야
물줄기는 점점 더 맑아질 수 있다.

분노, 두려움, 후회는 다른 사람에게 터놓고 이야기하기에는 너무 어두운 것처럼 느껴진다. 그래서 자신이나 다른 사람들에게 "난 괜찮아" 하고 이야기해버린다. 이런 감정을 감추고만 있으면 성장과 변화의 흐름을 방해할 수 있다.

그런 감정을 다스릴 수 있는 방법을 찾아보라. 일기를 쓰거나, 친구나 상담자와 이야기해보라. 말보다 더 잘 표현해 낼 수 있는 신체적인 활동도 있을 것이다. 내면의 감정이 밖으로 방출되고 나면 새롭고 신선한 생각이 흐르기 시작한다.

마음에 막힌 부분이 있다면 이를 숨기기보다 표현하자.

건강하고 싶다면

Health is a large word. It embraces not the body only, but the mind and spirit as well… and not today's pain or pleasure alone, but the whole being and outlook of a man.

제임스 H. 웨스트 James H. West

건강은 거대한 단어다.
이것은 몸뿐만 아니라 정신과 영혼까지 다 품고 있는
단어이며, 오늘의 고통과 기쁨뿐만 아니라
한 인간의 모든 존재와 태도까지 품고 있다.

직장생활, 가정생활, 운동……. 우리는 삶을 정리된 일일 계획표처럼 여긴다. 그러나 우리는 쪼개진 존재가 아니다. 영적인 도전은 신체의 건강에 영향을 주고, 중대한 결정은 믿음을 시험에 들게 하고, 운동은 창의성을 향상시켜준다. 이처럼 인간관계는 서로가 서로에게 영향을 미친다. 건강이란 이 모든 요소를 조화시켜 모으는 일이다.

행여 못 보고 지나친 것이 있는지 살펴보고, 균형 잡힌 삶을 살아야지.

문을 닫지 마라

Not knowing when the dawn will come, I open every door.

에밀리 디킨슨 Emily Dickinson

새벽이 언제 찾아올지 모르니
나는 문이란 문은 다 열어 본다.

일에서거나 인간관계에서든 창의적인 영감은 예상할 수 없다. 그러나 그것이 일어날 무대를 꾸밀 수는 있다. 영감을 받아들이는 삶을 만들면 된다. 내면의 문이 모두 깨달음의 순간을 붙잡아 두는 것은 아니지만, 그래도 내면의 문을 모두 다 열어 두면 그중 하나를 통해 신선한 아이디어가 도착할 것이다.

새로운 가능성들을 찾아보고, 그 가능성을 놓지 말자. 성공은 가능성에서 시작하므로.

자신을 받아들여라

To accept ourselves as we are means to value our imperfections as much as our perfections.

샌드라 비리그 Sandra Bierig

있는 그대로의 나 자신을 받아들인다는 건
나의 완벽함과 마찬가지로
나의 부족함도 소중하게 여기는 것이다.

장점에 대해 자랑스러워하기란 어렵지 않다. 그런데 흔히 장점을 약점에 견주어 보여주는 경향이 있다. 집단 속에서 활동하는 가운데 자신의 불완전한 부분과 다른 사람들의 장점을 보게 된다. 그러나 결점은 고귀한 것이다. 자신을 돌봄으로써, 그리고 사랑하는 이들의 친절을 통해 그 불완전한 부분들을 보호하게 된다. 아울러 이 불완전한 것들은 자신의 미약함과 인간적인 면을 깨닫게 해준다. 다른 사람들에 대해서도 그들의 불완전한 부분을 돌봐줄 방법을 찾아보게 해준다.

내 결점과 장점은 모두 소중하고, 그걸 돌볼 책임이 내게 있어.

누가 뭐라고 해도

No one can figure out your worth but you.

펄 베일리 Pearl Bailey

> 자신의 값어치를 계산할 수 있는 사람은
> 자기 자신뿐이다.

다른 사람들은 나를 격려해주거나 칭찬해줄 수 있지만, 내가 가진 가치와 능력을 정말 아는 사람은 나 자신뿐이다. 자신을 별 볼 일 없는 사람이라고 믿으면 아무리 칭찬해주어도 그 생각을 바꾸지 못한다.

자신의 값어치를 확신하고 있으면 그 누구도 무너뜨릴 수 없는 사람이 된다. 지나친 비난이나 난관으로 인해 잠시 흔들릴 수는 있겠지만 마음속의 확신만은 꺾이지 않는다.

나는 귀한 사람이야. 지금 모습 그대로 무한한 값어치가 있는 사람이야.

상황을 탓하지 마라

It is our relationship to circumstances that determines their influence over us.
The same wind that carries one vessel into port may blow another off shore.

크리스천 보비| Christian Bovee

상황이 우리에게 어떤 영향을 결정하는 것은
우리가 그 상황과 맺고 있는 관계다.
선박을 항구로 이끌어 가는 바람은
다른 선박을 해안에서 떠나가게 할 수도 있다.

항해 경험이 있는 사람은 먼저 바람과 물을 읽는다. 물론 날씨는 예측과 다를 수 있다. 하지만 현명한 선장은 날씨를 바꾸는 요인을 헤아리고, 배가 목적지로 무사히 갈 수 있도록 그 요인을 제대로 다스릴 수 있다. 훌륭한 항해사라면 폭풍이 다가오므로 대기해야 할 때, 닻을 내리고 바람이 더 좋아질 때까지 기다려야 할 때를 안다. 인생살이도 마찬가지다. 변수들을 내게 득이 되도록 다스릴지, 그에 몸을 맡길지 선택은 자신의 몫이다.

아무리 바람이 거세도 나는 내가 가고자 하는 목적지에 갈 수 있도록 그 바람을 이용할 수 있어.

유일한 두 가지

Love and time—those are the only two things in all the world and all of life that cannot be bought, but only spent.

게리 제닝스 Gary Jennings

사랑과 시간, 이 둘은 이 세상 어디를 가도,
아무리 오래 살아도 돈으로 살 수 없고
사용하기만 할 수 있는 유일한 두 가지다.

사랑과 시간은 우리 자신의 존재를 구성하는 핵심적인 요소다. 사랑과 시간을 다른 사람과 함께 나누려면 늘 리스크가 따른다. 다른 사람과 나누어 갖기 때문이다. 이 선물은 돌려받을 수 없고, 돌려받아서도 안 된다. 그러므로 시간과 사랑을 언제 누구와 나눌지 현명하게 판단해야 한다. 이런 선물이 개인적인 욕망에 따라 되돌아오기를 바랄 수는 없다.

나의 사랑과 시간을 남에게 나누어주는 것이 때로는 위험스러운 일로 느껴지기는 하겠지만 희망은 버리지 않을 거야.

행복은 가꾸는 것

Happiness must be cultivated. It is like character.
It is not a thing to be safely let alone for a moment, or it will run to weeds.

엘리자베스 스튜어트 펠프스 Elizabeth Stuart Phelps

행복은 가꾸어져야 하는 것이다.
이것은 성격과 같다.
이것은 한순간도 안심하고
내버려두어도 되는 것이 아니다.
그렇게 하면 잡초가 되어버리기 때문이다.

진정으로 행복한 사람은 행복을 성격처럼 여긴다. 벽돌을 쌓듯이 하나하나 쌓아 가는 것으로 본다. 나쁜 방향으로 꼬일 가능성이 있지만, 매 순간마다 희망의 빛을 잃지 않는다. 행복의 원천은 외부가 아니라 내면에 있다. 이는 매 순간마다 즐거움을 찾아야 하고 선택해야 한다는 것을 의미한다.

내게 주어진 것에 기뻐하고, 특별한 이유가 없어도 내 자신에게 기뻐해야지.

행복을 조리하는 법

Caring about others, running the risk of feeling,
and leaving an impact on people, bring happiness.

라비, 해롤드 쿠시너 Harold Kushner

다른 사람을 위하고, 공감하고,
그에게 영향을 남기면 행복이 온다.

🍴 행복을 조리하는 법은 단순하다. 인간관계, 정직, 그리고 어느 정
도의 건전한 모험 정신이면 충분하다. 사는 것이 권태롭게 느껴질 때 이런
재료들을 삶 속으로 다시 섞어 요리할 수 있는 방법들을 찾아볼 때다.

어울려 사귀는 데 따르는 리스크를 마다하지 않는 것, 모든 것에 손길을 내밀 수 있는 것만으
로도 나는 행복해.

아이디어를 얻는 방법

If you are seeking creative ideas, go out walking.
Angels whisper to a man when he goes for a walk.

레이먼드 인먼 Raymond Inmon

창의적인 아이디어를 구한다면 밖으로 나가 걸어라.
천사들은 산책을 나가는 인간에게 속삭인다.

과학자가 친구인 작가에게 이렇게 말했다. "요약문을 쓰려고 앉기만 하면 정신이 다른 것에 빠지곤 해. 최소한 한 시간쯤 집안 청소를 하고 나야 한 줄이라도 쓸 수 있게 되는 것 같아. 어떻게 하면 집중을 잘할 수 있지?" 작가가 대답했다. "평소에 하듯이 접시를 몇 개 더 닦아 봐! 나는 일하기 전에 운동을 해. 그게 바로 내가 아이디어를 얻는 방법이야." 창조적인 사고를 불러일으키는 데 신체적인 활동보다 더 좋은 것은 없다.

결정을 내리지 못하거나 답답할 때는 밖에 나가 신선한 공기를 마셔야겠다. 그때 신선한 아이디어를 얻게 될지도 몰라.

단순한 치료법

A good laugh and a long sleep are the best cures in the doctor's book.

아일랜드 격언

속이 후련하게 웃고 푹 자는 것,
이것이 의사의 책에 나와 있는
가장 좋은 두 가지 치료법이다.

♡　　현대 과학이 증명했다. 궁상맞은 태도와 잠을 충분히 자지 않는 습관은 면역 시스템에 무리를 줄 수 있다고. 속이 후련하도록 웃는 것은 신체에 좋은 엔도르핀을 생산하고, 잠을 푹 잘 자는 것은 신체로 하여금 스스로 고치고 소생할 수 있는 시간을 준다. 가장 좋은 치료법은 아주 단순한 지혜에서 나온다.

아프거나 피곤한 건 속도를 줄이고 삶을 즐기라는 신호야.

몸이 보내는 메시지

A trembling in the bones may carry a more convincing testimony than the dry, documented deductions of the brain.

르웰린 파워스 Llewelyn Powers

머리에서 짜낸 메마르고 논리적인 추론보다
뼈에서 느껴지는 작은 떨림이
보다 더 신빙성 있는 증언일 수 있다.

✉   우리는 주로 논리를 신뢰하지만, 우리의 몸에 귀를 기울이는 것도 나쁘지 않다. 몸은 순수한 본능의 목소리로 우리에게 진실한 메시지를 준다. 마음이 계산하고 있는 사이에 몸은 이미 계산을 다 끝내고 어떻게 할지를 결정까지 내린다.

내 몸이 주는 사인에 귀를 기울이고 그 신호에 응해야겠다.

VALENTINE DAY

사랑하는 사람이 힘들다면

그를 탓하기보다

그의 이야기에 귀 기울일 때야.

November

A bit of fragrance always clings to the hand that gives roses.

장미를 주는 손에는 언제나 향기가 남는다.

작은 실천, 큰 사랑

To show great love for God and our neighbor, we need not do great things. It is how much love we put in the doing that makes our offering something beautiful for God.

테레사 수녀 Mother Teresa

하느님과 이웃에게 위대한 사랑을 보여줄 때,
위대한 행동이 필요한 것이 아니다.
그것은 하느님이 보시기에 아름다운 선행을 베풀 때
얼마나 많은 사랑을 담고 하느냐 하는 것이다.

어린이들의 독서에 관심이 있는가? 그렇다면 옆집 아이에게 책을 읽어주면 어떨까? 지구촌 빈곤 문제가 걱정스러운가? 사는 지역에서 자원 봉사자를 모으고 있는지 알아보면 어떨까? 난민 문제로 마음이 무거운가? 기부를 하거나 그들의 이야기를 귀 기울여 들어주는 것만으로도 문제를 해결하는 데 도움을 줄 수 있을 것이다. 위대함은 훨씬 조그만 것에서 시작된다. 그것은 사랑하는 능력에서 시작된다.

진실한 사랑으로 남을 위하는 것만으로도 나는 세상에 기여하고 있는 거야. 중요한 건 진실한 마음이야.

고요함이 우선이다

One's action ought to come out of an achieved stillness;
not to be a mere rushing on.

D. H. 로렌스 D. H. Lawrence

우리의 행동은 단순한 돌진이 아니라
노력으로 얻은 고요함에서 비롯되어야만 한다.

고요함 속에서 평상시 바쁜 스케줄로 인해 희생되기 일쑤였던 창조성을 발견한다. 이 창조성은 진정으로 중요한 결정과 행동이 무엇인지 잘 알고 있다. 여유를 갖고 심사숙고하는 것, 이것은 인간다운 존재가 되는 데 중요한 일이다. 서두름은 더 많은 서두름을 인위적으로 만들고 스트레스를 초래한다. 고요함은 자연스럽게 현명한 행동과 마음의 평온을 가져다준다.

내일 하루를 어떻게 보낼지 깊이 생각하는 평온한 순간, 바로 지금 이 순간을 내일도 누리자.

고치는 데 애써라

Don't find fault. Find a remedy.

헨리 포드 Henry Ford

결함을 찾지 말고 개선할 방법을 찾아라.

/ 결함은 특히 눈에 띄게 번들거려 거대한 스포트라이트를 받고 있는 것처럼 보인다. 그 결함을 개선하기 위해 가능한 모든 재원을 동원하는 데 초점을 맞추면 오히려 진보할 수 있다. 자신에게 실험을 허락하라. 시행착오도 마다하지 않아야 한다. 실수를 통해 배운다. 실수를 할 때도 결함에만 초점을 맞추는 태도에서 벗어나야 한다.

내 인생에 문제가 있는 부분을 발견했을 때, 그 문제에만 매달리기보다는 그것을 고칠 방법을 찾아야겠다.

'몸의 언어'를 읽어라

Movement never lies. It is a barometer telling the state of the soul's weather.

마사 그레이엄 Martha Graham

동작은 결코 거짓말을 하지 않는다.
그것은 영혼의 기후 상태를 말해주는 기압계다.

'몸의 언어'는 목소리가 크다. 대화를 나눌 때 그 대화를 거북스러워하는 사람을 눈여겨보라. 그는 몸을 삐딱하게 젖힌 채 팔짱을 끼고 있다. 고개를 숙인 채 걷는 친구는 걱정이 앞선다. 내 말을 더 잘 들으려고 내 곁으로 가까이 다가오면 그가 내 말을 진지하게 받아들이고 있음을 알게 된다. 우리는 이런 모든 몸의 언어에 능통하며, 이것이 문자보다 더 큰 목소리로 말하고 있음을 안다.

사람들이 자신의 몸동작을 통해 건네는 메시지에 주의를 기울여야지. 그리고 내 자신의 몸동작에도 더 주의해야지.

용서하고 용서받기

He that cannot forgive others breaks the bridge over which he must pass himself;
for every man has need to be forgiven.

토머스 풀러 Thomas Fuller

다른 사람을 용서할 수 없는 사람은
자신이 건너야 할 다리를 스스로 부숴버리는 것이다.
왜냐하면 누구나 용서받을 필요가 있으므로.

세계의 모든 문화가 각기 다른 형태를 하고 있을지라도 한 가지만은 모두가 같은 믿음을 갖고 있다. 대접받고 싶다면 그렇게 남을 대접하라. 모든 인류애의 법칙은 이 한 마디로 요약할 수 있다. 여기에 한 가지 인도주의의 원칙을 더하라. 내가 용서받기를 원하듯 다른 사람을 용서하라. 이 두 가지 원칙을 따르기로 결심한다면 인간관계에서 생기는 두통은 상당히 사라질 것이다.

다른 사람을 용서해야 하고, 언젠가 나도 용서를 받아야 할 일이 있다는 걸 나는 알고 있어.

향 싼 종이에 향내가 나듯

A bit of fragrance always clings to the hand that gives roses.

중국 격언

장미를 주는 손에는 언제나 향기가 남는다.

남을 위해 나 자신을 내줄 때 그 보답으로 무엇인가를 받는다. 강은 물을 실어 다른 대지로 보내주고, 그 강이 흐르는 과정에서 강둑도 혜택을 입는다. 주는 과정에서 배우는 교훈, 도와준 사람의 기쁜 표정, 진정으로 의미 있는 무엇인가를 했다는 만족감. 이런 것이 받게 될 무한한 가치의 보답이다. 아름다운 향기처럼 이 선물은 내 몸에서 풍겨 나가고, 사람들이 내가 특별하다는 것을 알아차린다.

친절한 행동을 하거나 선물을 주는 건 즐거운 일이야. 향을 싼 종이에서 향내가 난다고 하잖아.

지도를 버려라

A good traveler has no fixed plans, and is not intent on arriving.

노자

노련한 여행자에게는 정해진 계획이 없으며,
그 목적도 '도착'이 아니다.

안내자가 이끄는 관광은 무언가를 배우기에는 좋다. 그러나 일상적인 생활에서 벗어나려면 때로는 스스로를 모험에 떠맡겨야 한다. 갈 곳을 정하지 말고, 관광 지도에 나와 있지 않은 새로운 골목을 찾아가라. 그 골목에 있는 카페에서 그 마을 사람들과 이야기를 나누어라. 그는 할아버지한테서 들었던 동네의 옛날이야기를 들려줄 것이다. 이것이 여정이 시작되는 지점이다.

스케줄에서 벗어나 나를 만나고 낯선 세상과 즐기는 것도 필요해.

행복은 안에서 온다

The essence of philosophy is that a man should so live that his happiness shall depend as little as possible on external things.

에픽테토스 Epictetus

외적인 것에 행복을 의존하는 일이 없도록
살아야 한다는 것,
그것이 바로 철학의 핵심이다.

주변 상황에 의존하는 행복이라면 그것은 덧없는 행복이다. 즐거운 이벤트나 활동을 좋아하는 것은 잘못된 일이 아니지만, 즐거움은 이런 외적 변수에 의존해서는 안 된다. 행복이 내면으로부터 만들어지고 주변의 모든 선한 것들로 그 행복이 점점 더 커져 가는 인생철학을 배우고 익혀야 한다.

어려운 일을 당할 때마다 나는 내 마음의 저수지에서 행복을 길어 올릴 거야.

공정한 플레이

Fair play with others is primarily not blaming them for anything that is wrong with us.

에릭 호퍼 Eric Hoffer

다른 사람과 공정한 플레이를 한다는 것은
무엇보다도 우리가 잘못한 점으로
남을 탓하지 않는 것이다.

어른 사이에서 게임을 공정하게 플레이한다는 것은 어린 시절 게임을 하던 것과 같다. 그때나 지금이나 규칙과 선을 지켜야 하는 것은 똑같다. 잘못을 저질렀을 때 누구보다 먼저 그 잘못을 인정하고 받아들이면 인간관계가 한층 부드러워진다. 누군가의 결점을 짚는 대신 자신의 책임을 누구보다 먼저 인정하는 사람이 되어야 인간관계도 트인다.

내 부담을 덜겠다고 다른 사람의 결점을 꼬집어야 할 필요는 없어.

겸허하고, 당당하라

To character and success, two things, contradictory as they may seem, must go together—humble dependence and manly independence; humble dependence on God and manly reliance on self.

윌리엄 워즈워스 William Wordsworth

성격과 성공은
서로 상반된 것처럼 보이지만 늘 함께 따라붙어야 한다.
신께 겸허하게 의지하고, 자신에게 당당하게 의존하라.

도움을 받는 데만 열중하다 보면 자립심이나 문제 해결 정신을 잃어버린다. 반면 자립하는 데만 열중하다 보면 거만해지고 냉정해진다. 이는 걷는 행동과 비슷하다. 재빨리 돌아야 할 때 왼쪽 발과 오른쪽 발을 똑같이 사용하지 않으면 발이 걸려 넘어지고 만다. 이처럼 미약함과 내면의 강인함, 이 두 가지가 꾸준히 함께해야 한다. 이 두 가지를 지닌 채 자신을 갈고 닦을 때 성공을 향한 큰 발걸음을 디딜 수 있다.

신의 인도하심이 필요하다는 것과, 나 자신의 단호한 결심이 필요하다는 걸 나는 알고 있어.

몸을 움직여라

Why be given a body if you have to keep it shut up in a case like a rare, rare fiddle?

캐서린 맨스필드 Katherine Mansfield

아주 희귀한 바이올린이라도
케이스에 넣어 잠가 두기만 하려면
손은 무슨 소용인가.

몸은 가만히 앉아 있도록 만들어져 있지 않다. 열심히 일하고 나면 에너지가 충만해진다. 몸을 움직인 덕택에 온몸의 세포들이 그 덕을 본다. 혈액순환이 잘되면 몸 곳곳에 영양분이 공급되고, 엔도르핀으로 고조된 활력이 기분까지 가볍게 해준다.

편안하다고 반드시 좋은 건 아니야. 건강한 육체노동도 필요해.

그 일에 열중하라

If you walk, just walk.
If you sit, just sit.
But whatever you do, don't wobble.

화자 미상

걸을 때는 그냥 걸어라.
앉아 있을 때는 그냥 앉아 있어라.
그러나 무엇을 하더라도
우왕좌왕하지는 마라.

마음이 다른 곳에 가 있을 때는 겉으로 표가 난다. 미지근한 태도를 반길 사람은 아무도 없을 뿐만 아니라 그런 태도는 주변 사람들조차 헷갈리게 한다. 선호하는 것, 다짐한 것이 무엇인지 되짚어보고, 거기에 확신과 정성을 바쳐야 한다.

내가 진정으로 원하는 것이 무엇인지 분별한 후, 후회 없이 내 자신을 바치자.

한계 내에서 노력하라

Do what you can, with what you have, where you are.

시어도어 루스벨트 Theodore Roosevelt

할 수 있는 행동은 자신이 가진 한도 내에서,
자신이 있는 그 자리에서 행하라.

배우고 싶은 취미를 가르쳐줄 수 있는 사람이 이곳에는 한 명도 없다면 책을 읽어 그것을 배우면 된다. 보다 좋은 직장을 원하지만 들어가기가 쉽지 않더라도 직장을 알아보는 과정에서 기본적으로 갖추어야 할 업무 능력이 무엇인지 알게 된다. 지금 당장 헬스클럽으로 차를 몰고 갈 형편이 아니라면 집에서 하루에 삼십 분 정도씩이라도 운동할 시간을 내볼 수 있다.

안 된다고 푸념하기보다는 할 수 있는 한 최선을 다하는 게 지름길이야.

온 마음을 바쳐야

If you aren't going all the way, why go at all?

조 내머스 Joe Namath

끝까지 가볼 작정이 아니라면,
애초에 무엇 하러 갈 마음을 먹는가?

하는 일에 전심전력을 다하는 것은 중요하다. 마음이 절반만 가
있으면 힘이 떨어진다. 관심과 실천 의지가 흔들리면 일을 마쳐도 개운하
지 못하다. 함께 일하는 이들을 위해, 그리고 자신의 자존심을 위해서라도
맡은 일마다 모든 것을 바치고 그 일을 마무리 지어야 한다.

나는 그 일에 모든 정성을 다하고 있고, 끝까지 해낼 자신이 있어.

가장 중요한 날은 오늘

Nothing is worth more than this day.

요한 볼프강 폰 괴테 Johann Wolfgang von Goethe

이날보다 더 가치 있는 것은 아무것도 없다.

영향력을 발휘할 수 있는 유일한 날은 바로 오늘이다. 바로 지금 긍정적인 태도로, 감사하는 마음으로, 즐거움을 찾고, 미소를 짓고, 누군가를 격려해줄 수 있다. 과거는 바꿀 수 없고, 미래는 통제할 수 없다. 그러나 현재의 순간들은 하루하루를 위한 벽돌을 쌓는다. 오늘 나는 무엇을 만드는가? 내일 무엇을 세울 것인가?

중요한 건 오늘뿐. 지금 내가 있는 바로 이 순간은 유일한 시간이야.

보람 있는 일

We work not only to produce, but to give value to time.

외젠 들라크루아 Eugene Delacroix

> 우리는 무언가 생산하기 위해서가 아니라
> 시간에 가치를 더하기 위해 일한다.

🏠　　보람 있는 직장에서 일할 때 큰 기쁨을 느끼는 것은 전혀 이상한 일이 아니다. 이 기쁨은 우리의 강인함과 재능에서 비롯된다. 매일 세상에 좋은 것을 보태주었다는 기분을 느낀다. 보람 있는 일로 시간을 보내고 있다고 생각한다. 기여에 따른 보수를 받는 것으로 이 순환은 완성된다.

하는 일이 즐겁지 못하다면 짜증이 난다. 일하는 목적이 단지 생활비를 벌기 위한 것이라면 직장에 나가는 일이 고역이다. 이런 경우에는 다른 직장을 찾아보거나, 직업을 바꾸기 위해 새로운 기술을 배우고 연마하거나, 지금 하고 있는 일을 내 적성에 맞는 일로 변화시켜야 한다.

다니는 직장에 감사하고, 내가 열정을 갖고 있는 분야의 일이라는 점에 감사하자.

항해사처럼

The winds and the waves are always on the side of the ablest navigators.

에드워드 기번 Edward Gibbon

풍향과 파도는 언제나
가장 능력 있는 항해사의 편이다.

변덕스러운 날씨 때문에 흔들리고 있는가? 아니면 변화와 변덕에 적극적으로 대처해가고 있는가? 자신이 가진 모든 재능과 경험을 동원하고 어떤 임무라도 해낼 수 있는 사람임을 명심한 채 풍향과 파도에 맞서 항해하라. 그리고 풍향과 바람을 자신에게 유리한 쪽으로 이용할 수도 있음을 잊지 마라.

내일, 내가 가는 길에 변수들이 많을지라도 오늘처럼 헤쳐 갈 수 있어.

친구와 싸운 뒤

A quarrel between friends, when made up, adds a new tie to friendship, as... the callosity formed round a broken bone makes it stronger than before.

성 프란체스코 드 살 Saint Francis de Sales

친구와 싸운 뒤 화해하고 나면
그 우정에는 새로운 끈이 추가된다.
왜냐하면 부러졌던 뼈 주변에 굳은살이 생겨
전보다 더 탄탄해졌기 때문이다.

변하지 않을 우정을 가진 사람들은 서로 솔직하게 마음을 털어놓고 심지어 말싸움까지 할 수 있다. 서로가 서로를 존중해주는 한 어떤 갈등이라도 오히려 그 우정을 돈독하게 다져준다. 실제로 갈등을 겪어보지 않았다면 아무리 오래 사귄 사이라도 성장과 성숙이 어느 정도 지연될 수 있다. 각기 다른 존재이므로 반드시 모든 의견이 일치하지는 않을 것임을 깨달으면 보다 깊은 우정을 쌓고 변화하며, 그 과정에서 여전히 서로를 존중하고 있음을 알게 된다.

그와 갈등이 생기는 걸 겁낼 필요는 없어. 여전히 존중하는 마음으로 대화를 나눠 그 상황을 슬기롭게 헤쳐 나갈 수 있어.

받아들일 준비

Be thankful that God's answers are wiser than your answers.

윌리엄 컬버트슨 William Culbertson

신의 대답이 네 대답보다
더 현명하다는 사실에 감사하라.

모든 정답을 우리가 꼭 알아야만 한다면 얼마나 큰 궁지에 빠져들까? 이것저것 해결책을 찾느라 마비될 지경에 이를 것이다. 종종 최선의 해결책은 뜻밖의 장소에서 찾아오고, 그것이 나중에 큰 도움이 되는 경우가 많다. 우리의 삶은 우리가 알지 못하는 어떤 힘의 영향을 받고 있으며, 지혜는 받아들일 준비가 되어 있는 사람에게만 그 값어치를 한다.

신의 은총이 온다면 좋겠지만, 배움을 통해 스스로 해답을 찾는 게 우선이야.

반드시 밤은 온다

The longest day is soon ended.

플리니 2세 Pliny the Younger

가장 긴 날도 조만간 끝이 온다.

완전히 지친 상태에서 하루 일과를 마친다. 육체적으로 고단한 일을 했기 때문일 수도 있고, 혹은 문제나 스트레스로 인한 것일 수도 있다. 다행히 제아무리 힘든 날도 끝날 때가 있다. 잠자리에 듦으로써 정신과 몸이 회복될 수 있다. 하루는 마감되었다.

하루가 길고 지루하게만 느껴지는 날에는 가장 힘든 날도 언젠가는 끝이 찾아온다는 사실을 기억하자.

경험이 부족하더라도

I probably hold the distinction of being one movie star who, by all laws of logic, should never have made it. At each stage of my career, I lacked the experience.

오드리 헵번 Audrey Hepburn

나는 어떤 논리에 근거해 보더라도
결코 영화배우로 성공하지 못했을
영화배우였다는 점에서 유별났던 것 같다.
배우 시절, 나는 항상 경험이 부족한 쪽이었다.

그 업무에 필요한 경험을 갖고 있지 않다고 하더라도 유사한 업무는 여러 번 해본 적이 있을 것이다. 새로운 도전을 맞을 준비 자세도 되어 있을 것이다. 그렇다면 한번 시도해보는 것이 어떨까. 양팔을 벌리고 가능성을 환영할 준비가 되면 다른 것들도 따라오게 되어 있다. 자신을 믿으면 성공에 대한 확신도 더더욱 깊어진다.

새로운 상황에 뛰어들 때 자신감, 호기심, 그리고 할 수 있다는 믿음의 손을 놓지 않을 거야.

예술이 영원한 이유

A man should hear a little music, read a little poetry, and see a fine picture every day of his life, in order that worldly cares may not obliterate the sense of the beautiful which God has implanted in the human soul.

요한 볼프강 폰 괴테 Johann Wolfgang von Goethe

인간은 평생 살아가는 동안 매일같이 음악을 듣고,
좋은 시를 읽고, 좋은 그림도 감상해야만
하느님이 인간 영혼에 심어 둔 탐미 감각이
세상 걱정으로 인해 소멸되는 일이 없다.

살아가는 것은 매일 똑같이 짜인 활동만이 전부가 아니다. 아름다움과 예술 작품을 감상하다 보면 우리는 기계가 아니라는 사실을 알게 된다. 아름다움은 인간이 즐거움을 위해 설계되고 빚어진 창조물이라는 사실을 상기시켜준다. 일은 그 자체가 최종 목적이 아니라 경이로움을 발견해내는 우리의 능력을 확대시켜주는 방편이다.

이번 주말에는 시간을 내 미술관에 가자. 삶의 속도를 늦추고 아름다움을 즐기자.

나를 찾아가는 길

The self is not something that one finds. It is something one creates.

토머스 사즈 Thomas Szasz

자아란 누군가가 찾는 것이 아니다.
그것은 누군가가 창조해내는 것이다.

여행을 떠나거나 새로운 것을 시도해보는 것은 창조성을 드높여주고 자신을 보다 잘 이해하는 데 도움이 된다. 하지만 건강한 자아를 창조하는 일상적인 업무를 시작하기 위한 것이라면 어디론가 떠나야 할 필요는 없다. 자신을 창조하기 위해 첫 발걸음을 떼는 것은 상황을 뒤바꾸거나 즉흥적으로 사들이는 것보다 귀를 기울여 경청하는 편이 더 생산적일 수 있다. 그 이후 우리는 우리가 갈망하는 그 자아를 벽돌 쌓듯 하나하나 쌓아 완성할 수 있다.

내 자신을 찾기 위해 특별한 어떤 장소로 갈 필요가 없어. 내가 지금 있는 이 자리에서 이 순간 잠시 멈추고 귀를 기울임으로써 자신을 창조하거나 재창조할 수 있으니까.

안전이라는 굴레

Security is mostly superstition.
It does not exist in nature.

헬렌 켈러 Helen Keller

안전이란 대개 미신이다.
그것은 자연계에 존재하지 않는다.

우리는 완벽하게 안전하기를 바란다. 안전한 가정과 안전한 인간관계를 꿈꾼다. 그러나 모든 것에서 완벽한 안전함을 고집하는 것은 자신에게 제약을 가하는 일이 된다. 인생이란 불확실한 것이 아닌가. 우리는 위기를 관리하기 위한 결정을 내릴 뿐, 위기를 모면하기 위한 결정을 내릴 수는 없다. 안전에 대한 추종은 헛된 믿음임을 인정하라. 그로써 삶이 예측 불가능한 모험이라는 사실을 깨닫고, 보다 정직한 태도로 삶을 바라볼 수 있다.

안전하면 좋기는 하지만, 안전만 따지면 변화도 없을 거야.

화해의 손을 내밀 때

Reconciliation is more beautiful than victory.

비올레타 바리오스 데 차모로 Violeta Barrios de Chamorro

화해는 승리보다 아름답다.

논쟁할 때 무조건 이겨야 한다고 생각한다. 상대방이 항복하면서 "네 말이 다 맞아"라고 말해주기를 바란다. 그런데 이렇게 해서 얻은 승리가 과연 도움이 될까? 내가 맞을 수도 있고 틀릴 수도 있다. 혹은 나와 상대방 모두 틀렸을 수도 있다. 내가 맞다 하더라도 상대방과의 관계가 수습되지 않는 한 그 승리는 쓸쓸할 뿐이다. 상대방이 기분이 상했거나 마음에 상처를 입었다면 나 역시 불편하다. 승리가 아닌 화해를 하라. 화해는 모두에게 진정한 만족을 주는 끝맺음이다.

논쟁하더라도 수습할 수 없는 말이나 행동을 하지 않도록 조심해야지.

자신을 믿고 찾아라

I make all my decisions on intuition. I throw a spear into the darkness. That is intuition. Then I must send an army into the darkness to find the spear. That is intellect.

잉마르 베리만 Ingmar Bergman

나는 모든 결정을 직관에 따라 내린다.
어둠 속에 화살을 던진다. 그것이 직관이다.
그 뒤 나는 어둠 속으로 군대를 파견해
그 화살을 찾게 한다. 그것이 지성이다.

큰 성공을 이룬 이들 중 필요한 정보가 손에 들어올 때까지 중요한 결정 내리기를 미루어야 한다고 생각하는 사람은 거의 없다. 기다리는 대신 그들은 사냥개처럼 정확한 길을 추적해 찾아간다. 그들은 그 길을 찾아내고 어느 길이 맞는지 금방 알아차린다.

사실과 통계도 좋지만, 내 직관에 귀를 기울이고 직관의 힘을 놓지 않을 거야.

분노 다스리기

I used to store my anger and it affected my play. Now I get it out.
I'm never rude to my playing partner. I'm very focused on the ball. Then it's over.

헬렌 알프레드손 Helen Alfredsson

나는 분노를 저장해두곤 했는데,
이것이 내 경기에 방해가 되었다.
나는 이제 이것을 쏟아낸다.
이제는 함께 경기하는 사람에게 무례하게 굴지 않는다.
경기에만 온통 집중할 수 있다.
그러다 보면 어느새 게임이 끝난다.

분노를 속에 쌓아 두는 것은 분노를 다스리는 좋은 방법이 아니다. 어떤 사람은 속마음과 다르게 "별거 아니야" 혹은 "난 아무렇지도 않아"라고 말하기도 한다. 그러나 운동이나 취미 활동 등 남에게 피해를 주지 않는 방법으로 분노를 겉으로 표현하면 분노가 얼마나 순식간에 흩어져버리는지 자신도 놀랄 것이다.

분노가 쌓이면 나를 힘들게 하지만, 그렇다고 남에게 화풀이하지는 않을 거야.

기다릴 줄 아는 여유

Waiting is one of the great arts.

마저리 앨링엄 Margery Allingham

기다림은 위대한 예술 중 하나다.

"우리 딸이 당신이 바이올린 연습하는 걸 좀 들어도 될까요?" 어느 여인이 젊은 뮤지션에게 물었다. "조용히 기다리는 게 얼마나 재미있는 일인지 가르쳐주고 싶어요." 이 얼마나 흐뭇한 생각인가. 이 아이는 대부분의 어른들이 망각하거나 미처 배우지 못한, 예술 공부에 가장 중요한 스타트를 하고 있는 셈이다.

살다 보면 그 안에 숨어 있는 선물을 발견하곤 한다. 그 선물은 바로 본연의 모습을 되찾고 지금 이 순간만을 맑은 정신으로 의식하는 기회다.

다음에 줄에 서서 기다려야 할 때는 핸드폰이나 잡지를 찾으며 정신을 딴 데 팔기보다는 조용히 기다려보자.

더하기보다 빼야 할 때

Transformation also means looking for ways to stop pushing yourself so hard professionally or inviting so much stress.

게일 쉬 Gail Sheehy

> 직장에서 무리하게 자신을 혹사하거나
> 스트레스 쌓는 것을 그만두는 방법을 찾아보는 것도
> 하나의 자기 변신이다.

변화는 삶과 스케줄을 지금보다 조금만 적게 그리고 간단하게 줄이는 것처럼 아주 쉽고 간단한 일이 될 수도 있다. 속도를 줄이는 것, 사랑하는 사람과 함께하는 것, 숨을 느끼며 사는 것일 수 있다. 이런 조정은 측정하기 힘들겠지만, 삶을 창조하고 새롭게 하는 데 없어서는 안 될 중요한 행동이다.

음식이 가득한 상에 더 많은 접시를 올리기보다는, 접시 몇 개를 덜어내는 게 더 행복할 수 있어.

상대성의 원리

Be unselfish… If you think of yourself only, you cannot develop because you are choking the source of development, which is spiritual expansion through thought for others.

찰스 W. 엘리엇 Charles W. Eliot

> 이기심을 버려야 한다. 자기 발전의 원천은
> 남을 배려하는 마음을 통한 영적인 성장이므로,
> 나만 위하면 이 원천이 말라 없어지기 때문이다.

나를 제대로 아는 것이 중요하다면, 그만큼 다른 사람을 중요하게 여기는 것도 중요하다. 이 둘은 서로 균형을 맞추며 함께 앞으로 나간다. 자신에게 너무 집중하다 보면 외톨이가 되기 쉽다. 다른 사람에게 너무 집중하다 보면 내 본모습을 찾을 수 없다. 자신에 대한 배려와 남을 위한 배려 사이에 균형을 이룰 때 비로소 진정한 성장을 이루게 된다.

내 일이 중요한 만큼 다른 사람의 일을 무시하지 말아야지.

December

Think of giving not as a duty but as a privilege.

베풂을 의무가 아닌 특권으로 여겨라.

완벽한 대답은 없다

True freedom lies in the realization and calm acceptance of the fact that there may very well be no perfect answer.

알렌 레이드 맥기니스 Allen Reid McGinnis

완벽한 대답은 없을지도 모른다는 것을
순순히 인정하고 받아들일 때
우리는 진정한 자유로움을 얻을 수 있다.

결정이 단호하지 못할 때가 있다. 매듭이 느슨한 부분도 있다. 필요한 것, 원하는 것을 챙기지 못하는 경우도 있다. 타협하기도 한다. 그래도 괜찮다. 직장을 구하는 중이든 집안 문제를 해결하려고 애쓰는 중이든 누구나 한 번에 모든 것을 깔끔하게 해결할 수 없을 때가 있다. 이 세상은 유토피아가 아니다. 세상은 서로 돕고 사는 곳이며, 이것으로 우리는 만족할 수 있다.

모두를 완벽하게 만족시켜줄 대답을 찾지는 못하더라도, 타협하고 여러 가지 옵션을 고려하며 최선을 다하는 거야.

매일 밤, 용서하라

One of the secrets of a long and fruitful life is to forgive everybody everything every night before you go to bed.

화자 미상

> 의욕적으로 오래 잘 사는 한 가지 비결은
> 매일 밤, 잠자리에 들기 전 모든 사람과 모든 것을
> 용서해주는 것이다.

마음에 원한을 품고 있으면 나 자신에게만 손해다. 잠자리에 들어서도 억울한 일을 계속 곱씹으면 잠을 제대로 잘 수 없다. 이런 습관이 쌓이면 분노와 원한의 악순환으로 인해 원하는 삶을 제대로 살지 못한다. 이 고리를 끊어라. 용서를 선택하는 것은 용서받는 사람보다 용서하는 사람에게 더 이롭다. 마음에 맺힌 것을 풀어 버릴 때 팽팽하던 어깨가 편안해진다. 생각이 온화해진다. 그리고 편하게 쉴 수 있다.

지금 내 마음에 자리 잡은 원한을 내보내고, 내게 잘못한 이들을 용서하자.

진솔한 관심

A sense of duty is useful in work, but offensive in personal relations.
People wish to be liked, not endured with patient resignation.

버트런드 러셀 Bertrand Russell

의무감이란 직장에서는 쓸모 있지만
인간관계에서는 모욕적인 것이다.
사람들이 바라는 것은
남들이 자기를 좋아해주는 것이지
인내심 있게 참고 체념한 채 견디는 것이 아니다.

다른 사람을 돌아볼 여유가 없을 정도로 사는 일이 바쁘고 고단하다면 그때야말로 자신의 태도를 바꾸어야 할 때다. 다른 사람과 진정한 인간관계를 맺는 데 필요한 것을 빠뜨리고 있기 때문이다. 누구나 소중한 존재로 태어났고, 다른 사람으로부터 정성 어린 충만한 관심을 받아 마땅하다.

누군가가 나를 비판할 때 진솔하게 받아들이고, 그와 그의 말이 내게 얼마나 소중한지 명심할 거야.

내가 정말 바라는 것

To know what you prefer, instead of humbly saying Amen to what the world tells you that you ought to prefer, is to have kept your soul alive.

로버트 루이스 스티븐슨 Robert Louis Stevenson

세상이 지시하는 선택을 냉큼 따르는 대신
나 자신이 원하는 바를 스스로 아는 것이
살아 있는 영혼을 지키는 일이다.

내게 주어진 삶을 멈춤 없이 앞으로 계속 나아갈 수 있는 방법이 몇 가지 있다. 챗바퀴 돌 듯 하는 일상에서 벗어나 내가 바라는 것, 내게 필요한 것, 나의 재능이 무엇인지 검토해볼 때 삶은 훨씬 더 풍요로워진다. 스스로에게 묻고 그 질문들을 신중하게 받아들일 때 내 안에서 잠자고 있던 진정한 내가 깨어난다.

남들의 기대에 기대기보다는 내가 바라고 내게 필요한 걸 스스로에게 묻고 그 해답을 찾아낼 거야.

깨지기 쉬운 사람

Good friendships are fragile things and require as much care as any other fragile and precious thing.

랜돌프 번 Randolph Bourne

좋은 우정도 깨질 수 있으므로,
깨지기 쉬운 귀중품을 다룰 때와 똑같이
조심해서 다루어야 한다.

가까이 지내는 사람보다 전혀 모르는 사람에게 더 공손하고 친절하게 대한다. 하지만 아무렇게나 대하는 사람이 바로 내게 너무나 소중한 사람이다. 아끼는 사람이라고 해서 아무렇게나 대하는 것을 참고 받아줄 것을 요구하거나 기대해서는 안 된다.

내 친구들과 사랑하는 이들을 정성껏 대하고, 늘 존중하는 마음가짐으로 마주하자.

시간 은행은 없다

Most of us spend our lives as if we had another one in the bank.

벤 어윈 Ben Irwin

사람들은 대부분 은행에
인생이 하나 더 있는 것처럼 인생을 산다.

우리가 영향을 주고 이끌어줄 수 있는 삶은 단 하나뿐이니, 그것이 바로 지금 살고 있는 삶이다. 그럼에도 불구하고 시간을 허비하고 아무렇게 써 버린다. 내게 주어진 하루하루를 어떻게 보내고 있는가? 삶을 대하는 태도는? 이런 질문에 대답하는 가운데 필요에 따라 수정하고, 그렇게 함으로써 삶을 보다 성실하고 알뜰하게 살아가고 있음을 확인할 수 있다.

내게 주어진 시간은 결코 다시 오지 않아. 그 시간을 어떻게 활용할지, 그에 따른 책임을 지는 것도 내 몫이야.

필요하지 않은 것들

The wisdom of life consists in the elimination of nonessentials.

임어당

삶의 지혜란
불필요한 것들을 제거하는 데 있다.

흔히 "단순하게 해"라고 조언하곤 한다. 그러나 이는 말하기는 쉬워도 실천하기는 어려운 말이다. 정신을 빼앗아 가는 것은 수두룩하게 널려 있고, 시간은 늘 모자란다. 이 안에서 진정으로 행복하게 살기란 여간한 일이 아니다. 삶을 채우고 있는 잡다한 것의 양과 부피를 줄이거나 없애라. 잔가지들을 가지치기함으로써 정신이 성장할 수 있는 여유 공간을 확보할 수 있다.

지금 당장 내게 필요 없는 것이 무엇인지 나는 알고 있고, 그것들 때문에 피곤해지지 않도록 버릴 건 버리고 채울 건 채워야지.

속도를 늦출 때

Fear less, hope more; eat less, chew more; whine less, breathe more; talk less, say more; love more, and all good things will be yours.

스웨덴 격언

겁은 적게, 희망은 많게.
먹는 것은 적게, 씹는 것은 많이.
투정은 적게, 호흡은 많이.
수다는 적게, 대화는 많이. 사랑은 더 많이.
이렇게 살면 모든 선한 것들이 네 것이 될 것이다.

삶의 균형이 깨졌을 때의 기분을 누구나 잘 알고 있다. 속도를 늦출 때다. 필요한 것은 모두 가지고 있다. 매 순간에 충실하고 사랑의 중심에 다시 서자. 자신과 남을 위한 사랑으로 살고 행동할 때 보다 여유 있고, 보다 건강해질 수 있다.

지금은 속도를 줄이고, 심호흡을 하며, 이 순간순간을 만끽할 때야.

심플하게, 보다 심플하게

A man must be able to cut a knot, for everything cannot be untied; he must know how to disengage what is essential from the detail in which it is enwrapped, for everything cannot be equally considered; in a word, he must be able to simplify his duties, his business, and his life.

헨리 프레데리크 아미엘 Henri Frederic Amiel

풀 수 없는 매듭은 잘라버릴 수 있어야 한다.
꼭 필요한 것이 있다면 그것을 옭아매고 있는
자질구레한 것들에서 그것을 떼어낼 줄 알아야 한다.
모든 것을 똑같이 중요하게 다룰 수는 없기 때문이다.
해야 할 일, 의무, 세상살이를
심플하게 만들 줄 알아야 한다.

'왜 진작 이 생각을 하지 못했을까?' 이런 현명한 생각이 보다 일찍 떠오르도록 주변을 꾸며보자. 숨을 돌리고, 꾸밈없는 나를 돌아보고, 자질구레한 것들을 치울 때다.

일이 힘들고 작업이 복잡하게 여겨지는 건 그걸 너무 심각하게 생각한 탓은 아닐까.

마음을 기쁘게 하라

All times are beautiful for those who maintain joy within them; but there is no happy or favorable time for those with disconsolate or orphaned souls.

로잘리아 카스트로 Rosalia Castro

마음에 기쁨이 깃든 사람에게는
모든 시간이 아름답다.
그러나 우울하고 고아 같은 영혼에게는
행복한 시간도, 마음에 드는 시간도 없다.

♡ 　 우울한 태도는 모든 것을 우울하게 채색한다. 우울할 때는 그 어떤 것도 마음을 기쁘게 해주지 못한다. 좋아하던 활동도 시시하거나 귀찮을 뿐이다. 반대로 기쁨에 넘치는 영혼은 가장 소소한 즐거움 속에서도 기쁨을 발견한다. 슬퍼하고 비통해야만 할 때가 있지만, 그런 시기에 머물지 않고 헤쳐 나감으로써 성장하는 법이다.

태도가 내 삶의 모든 것과 내 시각을 결정해. 결코 비관하거나 부정적으로 보지 말아야지.

영감을 기다리지 마라

We should be taught not to wait for inspiration to start a thing.
Action always generates inspiration. Inspiration seldom generates action.

프랭크 티볼트 Frank Tibolt

그 누구도 영감에 따라
뭔가를 시작하도록 가르쳐서는 안 된다.
행동은 항상 영감을 불러일으킨다.
영감이 행동을 불러일으키는 경우는 거의 없다.

창의적인 작업을 완성해내는 사람들이 하는 말이 있다. 영감이 중요하기는 하지만 그것이 유일한 추진 동력은 될 수 없다. 가장 중요한 요인은 나서서 꾸준히 작은 일부터 한 가지씩 해나가는 것이다. 영감은 그것이 찾아올 시간을 만드는 습관이 붙을 때 찾아온다.

마냥 기다리지 말고, 시간을 내어 시작하자. 나는 행동하는 것이야말로 영감으로 가는 길이라고 믿어.

그런 친구를 사귀고 싶다

Fortify yourself with a flock of friends! You can select them at random, write to one, dine with one, visit one, or take your problems to one. There is always at least one who will understand, inspire, and give you the lift you may need at the time.

조지 매슈 애덤스 George Matthew Adams

의기투합하는 친구들로 자신을 보강하라!
무작위로 여러 명을 고른 뒤 누구에게는 편지를 쓰고,
누구는 함께 밥을 먹으러 가고, 누구는 집에 놀러 가고,
누구는 문제가 있을 때 털어놓고 이야기를 나누어라.
개중에 최소한 한 명은 나를 이해해주고, 용기를 갖게 하며,
언제라도 필요할 때 기분을 전환시켜줄 친구가 있을 것이다.

내 삶 안에 믿을 수 있는 사람이 많다는 것은 멋진 일이다. 필요할 때마다 찾아갈 수 있는 사람이 많다는 것은 행복한 일이다. 그들과 사귀고 어울리면 보다 폭넓은 활동, 의견, 그리고 대화 주제를 만끽할 수 있다.

함께 운동하고 싶거나, 음식점에 가고 싶거나, 이야기하고 싶을 때 언제라도 전화할 수 있는 친구가 내게 있다는 건 축복이야.

마음을 건강하게 하라

When the heart is at ease, the body is healthy.

중국 격언

마음이 편하면 몸이 건강해진다.

스트레스는 신체 면역 시스템을 해치고 병을 악화시킨다. 의미 있고 중심이 잡힌 삶을 살며 성실한 품성을 잃지 않으면 쉬어도 보다 편하게 쉴 수 있고, 병도 빨리 낫는다. 심적으로 풍요로운 삶이 생리, 숙면, 호르몬, 그리고 면역 반응에 어떤 영향을 미치는지는 과학자들도 증명하고 있다. 물론 그들이 '어떻게' 그렇게 되는지 정확하게 알지 못하더라도, 그 혜택을 우리가 얼마든지 만끽할 수 있음을 그들도 안다.

마음의 건강은 몸의 건강에 영향을 미쳐. 되도록 서둘지 말고, 나를 가꾸고, 사랑하는 이들을 더 사랑해야겠다.

손님

Fish and houseguests go bad in three days.

스웨덴 격언

생선과 손님은 사흘 지나면
상한 냄새가 나기 시작한다.

먼 곳에서 친구가 찾아와 내 집에 머물 때, 혹은 내가 그들을 방문할 때, 갑자기 온 집안이 꽉 찬 느낌이 든다. 그동안 못 다한 이야기를 나누느라 수다를 떨고 북적대는 가운데 집안 분위기가 훈훈해지고, 함께 관광을 가거나 외식을 하기도 한다. 그러다 사흘이 지나면 그 때문에 스트레스가 쌓인다. 이는 아끼는 사이라도 예외일 수 없다. 그를 맞든 그에게 가더라도 상대의 습관과 인내심을 고려해, 상대가 불편하지 않도록 계획을 짜도록 하자.

아무리 친한 사람이라도 그 때문에 서로 불편하지 않도록 조심하고, 상대의 마음을 미리 챙겨야지.

불을 켜야 하는 이유

No one lights a lamp and hides it in a jar or puts it under a bad. Instead, he puts it on a stand, so that those who come in can see the light.

예수

등잔을 침대 밑에 두거나 병 안에 숨겨 두는 사람은 없다.
등잔은 받침대 위에 밝혀져 들어오는 사람들이
그 빛을 볼 수 있어야 한다.

종교적 가르침이나 신앙은 보배롭다. 그 가르침은 우리를 인도하는 빛과 같다. 가장 깊은 진리는 어떤 상황에서도 밝은 빛과 같다. 우리도 누군가에게 그 빛이 될 수 있고, 그 빛이 되어주어야 한다. 내 경험과 시행착오는 그에게 스스로 결론을 이끌어내도록 도와줄 수 있다.

누군가에게 도움이 된다면 내가 경험한 것을 나누는 걸 주저하지 말자.

휴식과 노동

Put off thy cares with thy clothes;
so shall thy rest strengthen thy labor, and so thy labor sweeten thy rest.

프랜시스 퀼스 Francis Quarles

옷과 함께 근심도 벗어 개어 두어라.
하여 휴식이 너의 노동을 강하게 하고,
그 노동이 너의 휴식을 달콤하게 하리라.

충분히 쉰 상태에서 아침에 일어나면 보다 기분 좋게 일할 수 있고, 졸음을 쫓으려 몸부림칠 필요 없으며, 적당한 운동도 할 수 있다. 하루 온종일 그렇게 열심히 일하면 자연스럽게 피곤함이 몰려온다. 적절한 균형을 유지해주면 노동과 휴식은 서로를 아름답게 지지해준다.

모든 근심을 털어 버리고 잠에 들자. 내일도 열심히 일하고 하루가 끝난 뒤 찾아오는 평화로운 시간을 반가이 맞이해야지.

새로운 습관

To learn new habits is everything, for it is to reach the substance of life.
Life is but a tissue of habits.

헨리 프레데리크 아미엘 Henri Frederic Amiel

모든 것은 새로운 습관들에 달렸으며,
그로써 삶의 본질에 다다를 수 있다.
삶은 습관으로 구성된 조직물이다.

습관은 겉으로 드러난 신념이다. 습관을 바꾸기 힘든 것은 그 때문이다. 습관을 바꾸거나 버리거나 새로운 습관을 추가하려면 기존의 신념을 수정해야 하는 경우가 종종 있다. 절제력이나 바꿀 수 있는 능력이 부족하다면 자신의 신념부터 손을 보라. 그래야 습관은 바뀌기 시작한다. 새로운 습관을 성공적으로 익힐 때 바뀔 수 있고 확신하게 된다. 새로운 습관은 변화에 이르는 길이다.

잘못된 생각으로 인해 그렇게 되었는지 되짚어 볼 테고, 앞으로는 올바른 신념을 놓지 않을 거야.

기억도 힘이 된다

God gave us memory that we might have roses in December.

제임스 M. 배리 Sir James M. Barrie

> 하느님은 십이월에도 장미를 가질 수 있도록
> 우리에게 기억을 주었다.

/ 혹독하게 추운 겨울이라도 우리는 아름다운 꽃이 피던 따스한 계절을 떠올릴 수 있다. 무더운 날에는 추웠던 계절을 헤아리며 위안을 얻는다. 지금 현재 도전을 맞고 있거나 시련 혹은 슬픔을 겪고 있는가? 그러면 보다 즐거웠던 시절을 되돌아보며 그 안에서 위안을 구해보라. 한때 좋았던 시절이 있었으니 앞으로도 그 시절은 또 올 것이다.

즐거웠던 추억들을 언제나 나를 격려하고 영감을 불러일으키는 보배로 여기며 소중히 간직할 거야.

잠재의식에 말 걸기

The first thing each morning, and the last thing each night, suggest to yourself specific ideas that you wish to embody in your character and personality. Address such suggestions to yourself, silently or aloud, until they are deeply impressed upon your mind.

그렌빌 클레이저 Grenville Kleiser

아침에 일어나면 먼저, 그리고 잠들기 전에 마지막으로
성격이나 성품에 새겼으면 하는 구체적인 희망을
자신에게 제안하라.
자신에게 타이르고 고함치듯 이런 제안을 하되,
마음에 깊이 새겨질 때까지 하라.

잠들기 직전이나 잠에서 깬 직후, 그 순간은 잠재의식에 의도적으로 영향을 줄 수 있는 유일한 시간이다. 이때를 이용해 확신을 심으면 그것이 뿌리를 내려 사고 패턴을 재구성하고 그럼으로써 새로운 신념을 만들어낼 수 있다.

내 인생에서 바꾸고 싶은 것이 있다면 그것을 글로 쓰고 매일 아침저녁으로 읽고 새겨야지.

그 안에 깃든 마음

Non-cooks think it's silly to invest two hours' work in two minutes' enjoyment;
but if cooking is evanescent, so is the ballet.

줄리아 차일드 Julia Child

요리를 즐기지 않는 사람은 이 분간의 즐거움을 위해
두 시간을 쓴다는 것이 바보 같은 짓이라고 생각한다.
그러나 요리하는 것이 헛되고 무상하다면
발레도 마찬가지다.

♡　　　우리에게는 자아 표현과 창의성의 여유가 필요하다. 요리를 하
든, 무용을 하든, 그림을 그리거나 글을 쓰든 인간이라는 존재만이 할 수 있
는 일을 하고 있다. 멋진 요리를 만드느라 두 시간이나 쓴다는 것은 비실용
적인 행동으로 보일 수 있다. 그러나 그것은 진지한 영혼의 표현이며, 따라
서 그 요리는 인간의 창조성과 인간의 존재성을 확인시켜주는 증거물이다.

참맛을 완전히 이해하지는 못하더라도 그 안에 깃든 열정과 창의성은 충분히 존경해.

실수를 겁내지 마라

The error of the past is the success of the future.

A mistake is evidence that someone tried to do something.

화자 미상

과거의 오류는 미래의 성공이다.
실수는 누군가가 해보겠다고 시도했다는 증거다.

변화와 발명으로 향한 문을 열면 인생은 실험실이 된다. 실패하는 경우도 적지 않지만, 실패는 늘 교훈을 담고 있다. 어떤 것이 왜 제대로 되지 않았는지 검토해보고 그 부분을 수정할 수 있다. 시행착오를 거듭할수록 성공으로 더 가까이 가는 것이나 마찬가지다.

실수를 두려워하지 말자. 실수는 앞으로 어떻게 해야 하는지 가르쳐주므로.

진정한 용기

Courage is rarely reckless or foolish... courage usually involves a highly realistic estimate of the odds that must be faced.

마거릿 트루먼 Margaret Truman

용기는 무모하거나 바보 같은 경우가 거의 없다.
용기는 맞서 싸워야 할 장애물에 대한
고도의 실질적인 판단을 수반한다.

용기는 영화에서 보는 것처럼 허세를 부리거나 으스대는 것이 아니다. 용기는 겸허한 것이다. 용기 있는 사람도 때로 두려울 때가 있음을 인정한다. 리스크가 있음을 안다. 그러나 최대한 주의를 기울여 옳다고 생각하는 것을 실천한다. 생각하는 과정이 눈 깜짝할 사이에 일어난다고 해도 진정한 용기가 있는 사람은 그 상황을 파악하고 리스크를 저울질해본 뒤, 두려움을 무릅쓰고 어떻게 일을 처리할지 결정하고 행동한다.

진정한 용기는 겁이 나더라도 옳다고 생각하는 일을 행동으로 옮기는 거야.

또 다른 문

When one door closes another opens. But we often look so long and so regretfully upon the closed door that we fail to see the one that has opened for us.

알렉산더 그레이엄 벨 Alexander Graham Bell

문이 하나 닫히면 또 다른 문이 열린다.
그러나 회한에 젖어 이미 닫혀버린 문을
너무나 오래 바라보고 있으면
코앞에 열려 있는 다른 문을 보지 못한다.

후회를 떨쳐버리지 못하면 스스로 패배를 자초하게 된다. 기회를 놓치거나 어떤 계획이 성공할 가능성이 없는 것이 분명해지면 실망스럽지만, 그 손실로 인해 자기 자신을 갉아먹을 필요는 없다. 다른 가능성을 찾아보라. 가망 있는 것을 보지 못하고 지나쳤을지도 모른다. 실망에 바친 에너지를 모두 담아 열려 있는 다른 문을 찾는 데 사용하라. 고개를 들고 있을 때, 기대에 차 있을 때 생각보다 일찍 그 문을 찾을 수 있다.

마음먹은 대로 되지 않아 실망하기보다는 안테나를 바짝 세우고 주의 깊게 대안을 찾아야지.

진정 베풀어야 할 것

Think of giving not as a duty but as a privilege.

존 D. 록펠러 주니어 John D. Rockefeller, Jr.

베풂을 의무가 아닌 특권으로 여겨라.

🍴 마음에서 우러나온 진정한 선물은 결코 부담스러운 의무처럼 느껴져서는 안 된다. 아이의 얼굴에 웃음이 떠오르게 하거나 사랑하는 사람의 눈에 기쁨의 눈물이 고일 때 우리는 살아가고 사랑할 수 있음이 얼마나 축복인지를 새삼 깨닫는다.

이번 기념일에는 돈으로는 살 수 없는, 내 마음이 깃든 선물을 해야지.

바라기보다 행동하라

Do not wait for leaders;
do it alone, person to person.

테레사 수녀 Mother Teresa

지도자들을 기다리지 마라.
혼자, 사람 대 사람으로 행하라.

일이 돌아가는 상황에 불평하거나 더 나은 지도자가 있어야겠다는 생각이 들 때가 있다. 그러나 그 변화를 스스로 시작함으로써 우리 자신은 더 강력한 힘이 될 수 있다. 서로 아끼는 마음, 창의성, 우정, 독창성, 이윤, 환경 보존……. 이것은 우리의 작은 행동으로 얼마든지 줄 수 있다.

내가 바라는 세상이 되기를 바라지 말고, 작은 것이라도 내가 직접 실천해야지.

몸은 성전이다

Every man is the builder of a temple called his body.

헨리 데이비드 소로 Henry David Thoreau

모든 사람은 몸이라는 성전 건축자들이다.

개인이든 집단이든 인간의 몸은 하나의 성전이다. 우리가 가는 곳마다 우리 몸은 우리가 살아온 방식을 증언해준다. 이는 내면적인 믿음의 시각적인 표현이다. 이 성전의 원자재는 소중한 선물이며, 정성을 다해 헌신적으로 몸을 돌보는 것은 우리가 가진 특권이다.

내 몸을 감사하게 여겨야지. 몸을 돌보는 것을 영적인 감사의 행동으로 여겨야지.

길은 내가 만드는 것

We are told that talent creates its own opportunities.
But it sometimes seems that intense desire creates not only its own opportunities.
but its own talents

에릭 호퍼 Eric Hoffer

재능이 있으면 기회가 따른다는 말이 있다.
그런데 때로는 강렬한 열망이
스스로 기회를 만들어낼 뿐 아니라
스스로 재능까지도 만들어내는 것 같다.

뜻이 원대하거나 큰 성취감을 위해 일을 추진할 때 얼마나 많은 것을 성취할 수 있는지 놀라울 따름이다. 성공에 필요한 기술을 배울 때도 얼마나 많은 시간을 기꺼이 바치는지, 그 또한 놀라운 일이다. 이처럼 성공에 이르는 길은 뜨거운 열망과, 기꺼이 해보겠다는 각오, 그리고 새로운 가능성을 발견하게 될지도 모른다는 충만한 기대다.

내 숨은 재능을 찾을 수 있으면 얼마나 좋을까? 이를 위해 모험을 즐겨보자.

한 번에 하나씩

He who hunts two hares, leaves one and loses the other.

일본 속담

두 마리 토끼를 쫓으려다 둘 다 놓친다.

일을 효율적으로 빨리 처리하려는 욕심에 한꺼번에 두세 가지씩 하려고 애쓸 때가 있다. 그러나 집중력이 여러 가지로 나뉘어 있을 때 그에 따른 괴로움과 실망감 또한 누구나 잘 알고 있다. 다른 것에 정신이 팔려 다른 사람의 말을 제대로 듣지 않거나 그들의 부탁을 들어주지 않는 것은 상대방의 마음에 상처를 준다.

모든 것을 재빨리 해치우는 것에만 신경 쓰다 보면 오히려 일이 꼬일 수 있다. 이런저런 업무를 한꺼번에 다 균형 잡으려 하다 보면 중요한 세부 사항을 놓치거나 실수하기도 쉽다.

오늘, 서두른 탓에 다른 사람에게 상처를 주기도 했어. 내일부터는 맡은 일, 그리고 마주한 그 사람에게 집중해야지.

이해가 평화를 가꾼다

I do not want the peace which passeth understanding,
I want the understanding which bringeth peace.

헬렌 켈러 Helen Keller

나는 이해가 필요 없는 평화를 바라지 않는다.
나는 평화를 가져다주는 이해를 바란다.

초석이 단단한 평화는 흔들리지 않는다. 이런 평화를 이룩하는 데 필요한 것은 노력과 발견이다. 미지의 것은 언제나 겁이 난다. 초조, 갈등, 두려움은 어떤 상황이나 관계를 내 스스로 통제하지 못할 때 발생한다. 불평불만 또한 자신의 치유되지 않은 상처 때문이다. 그런 마음은 누구나 당연하다고 이해하라. 그러면 상황을 수월하게 받아들일 수 있고, 마음의 평화도 이어진다.

낯설고 두려울 수 있어. 하지만 모든 해답은 그걸 대하는 내 마음인걸.

흔들림 없는 평화

If you do not find peace in yourself,
you will never find it anywhere else.

폴라 A. 벤드리 Paula A. Bendry

자기 자신에게서 평화를 찾지 못하면
그 어디에서도 평화를 찾지 못하리라.

우리는 주변 환경을 보다 쾌적하게 바꿈으로써 평화를 얻으려 한다. 그러나 평화로운 공간이나 평화로운 순간에 있을지라도 주변 환경에 만족하지 않으면 내적 평화마저 오지 않는다. 진정한 평화는 두려운 상황 혹은 좌절하는 상황 한가운데에서 찾아온다.

흔들릴 때마다 중심을 잡고, 살아 있음에 감사하자.

친절하라, 친절하라

Be kind, for everyone you meet is fighting a hard battle.

플라톤 Plato

친절하게 대하라.
만나는 모든 이들이
힘든 전투에서 투쟁하고 있으므로.

겉으로 보이는 것이 실제인 경우는 거의 없다. 긴장이 감도는 상황일 때 그의 말에 귀를 기울이고, 질문을 하고, 그 긴장이 어디서 비롯된 것인지 알아봄으로써 그 긴장 상태에서 벗어날 수 있다. 소극적인 수락이 아니라, 불편한 상황을 정면으로 맞서면서도 친절할 수 있는 것은 강인함이 없으면 힘들다. 그리고 친절한 말 한마디는 분위기를 바꾸고 공격적인 태도를 해제시키기도 한다.

어려운 상황이라도, 아니 그런 상황일수록 친절은 가장 큰 무기야.

그때는 결코 다시 오지 않아.

시간을 책임지는 건

그 누구도 아닌 나 자신이야.

잠들기 전에 읽는
긍정의 한줄

개정 2판 1쇄 발행 | 2019년 1월 23일
개정 2판 3쇄 발행 | 2019년 7월 15일

지은이 | 스티브 디거
옮긴이 | 키와 블란츠
펴낸이 | 이희철
펴낸곳 | 책이있는풍경
기획편집 | 김정연
마케팅 | 임종호
북디자인 | 디자인 홍시

등록 | 제313-2004-00243호(2004년 10월 19일)
주소 | 서울시 마포구 월드컵로31길 62(망원동, 1층)
전화 | (02)394-7830(대)
팩스 | (02)394-7832
이메일 | chekpoong@naver.com
홈페이지 | www.chaekpung.com

ISBN | 979-11-88041-21-3   03840

이 도서의 국립중앙도서관 출판예정도서목록(CIP)은 서지정보유통지원시스템
홈페이지(http://seoji.nl.go.kr)와 국가자료종합목록시스템(http://www.nl.go.
kr/kolisnet)에서 이용하실 수 있습니다. (CIP제어번호 : CIP2018042172)

The Nightly Book of Positive Quotations